D1536452

LE
DERNIER
ÉTÉ
BALKANIQUE

Données de catalogage avant publication (Canada)

Pourcel, Gérard, 1948-

Le dernier été balkanique

ISBN 2-920176-69-2

I. Titre.

PS8581.O875D37 1989   C843'.54   C89-096380-0
PS9581.O875D37 1989
PQ3919.2.P69D37 1989

© *Les Éditions JCL inc., 1989*
Édition originale: septembre 1989

GÉRARD POURCEL

LE DERNIER ÉTÉ BALKANIQUE

Éditeurs
LES ÉDITIONS JCL INC.
CHICOUTIMI, Québec, Canada
Tél.: (418) 696-0536

Maquette de la page couverture
JEAN DELAGE

Technicienne à la production
JUDITH BOUCHARD

Révision des textes
MARIE-JOSÉE DROLET

Distributeur officiel
LES MESSAGERIES ADP
955, rue Amherst,
MONTRÉAL, (QC), Can.
H2L 3K4
Tél.: (514) 523-1182
FAX: (514) 521-4434
1-800-361-4806

Dépôts légaux
3ᵉ trimestre 1989
Bibliothèque nationale du Québec
Bibliothèque nationale du Canada

ISBN
2-920176-69-2

À ma fille,
Julie Gilbert.

Aussi à mes amis,
Jobig et Élisabeth Floc'h,
pour la profonde amitié
qui nous soude,
depuis vingt-cinq ans.

REMERCIEMENTS

Si l'écriture d'un livre est un travail solitaire,
les dernières étapes tiennent beaucoup plus
d'une œuvre collective.
Que soient remerciées, pour tous les conseils,
les encouragements, la dactylographie,
les multiples corrections,
les personnes suivantes:
*Bibiane Gilbert, Céline Jacob, Doris Jean,
Christine Laforge, Yvon Paré, Gérald Robitaille.*

Que soient aussi remerciés
les organismes suivants:
le *ministère des Affaires culturelles du Québec,* pour une
bourse de soutien à la création,
la *Société des écrivains canadiens,*
pour le Prix littéraire de la Plume saguenéenne.

TABLE DES MATIÈRES

PRÉFACE

'AUTEUR ET SON LIVRE

C'est à Jonquière, au Salon du livre 1985, que je fis la connaissance de celui qui est depuis devenu mon ami, Gérard Pourcel. Après trente ans en France, mon accent, de «rocailleux» était devenu «pointilleux». Celui de Gérard, après quinze ans au Québec (car il est Français d'origine), de «pointilleux», était devenu «rocailleux». C'est dire que nous avions de quoi nous entendre et bien nous comprendre. Il était le Français bien québécisé et moi, le Québécois bien francisé. Il me faisait valoir les beautés, les qualités, non de son pays, mais du Québec. Bien entendu, moi je lui rappelais celles de sa belle Bretagne et de Paris. Il disait: «C'est ben mieux icite», et je lui répondais: «Y a qu'à Paris qu'on se marre.» Nous finissions toujours par éclater de rire car au fond, si chacun avait choisi de défendre son pays d'adoption, c'était, cela va sans dire, sans vraiment renier son pays d'origine.

Cet haine-amour et cet amour-haine de sa Bretagne natale, sa nouvelle PAS DE CAFÉ POUR ÉMILE, en est toute imprégnée. Une nouvelle «mordante» en ce qui concerne ses compatriotes, mais qui, ironiquement, s'est bel et bien passée ici au Québec APRÈS qu'il l'ait écrite et non en Bretagne. Je parle de l'Affaire Lortie. Mais il ne faut pas que je me mette à révéler les secrets de ce recueil de nouvelles qui nous fait faire un si beau voyage. On passe par l'Afrique du Nord, par Paris bien entendu. Nous irons jusqu'en Bulgarie — sans oublier les Laurentides. Un voyage rempli d'incidents qui nous tiennent en haleine... mais quel périple! Et il me faut dire, quel langage! Il a adopté le nôtre, sans oublier le sien. Un écrivain du monde de demain, de cette immense francophonie en train de se faire enfin. Une langue, ni académique, ni patoisante, qui sera comprise de tout le monde. Je ne peux que me réjouir et être fier de la publication d'un tel livre... au beau et chaleureux pays de Maria Chapdelaine... un pays qui évolue à pas de géant.

Gérald Robitaille

TEMPÊTE
DE SABLE
DANS LES
LAURENTIDES

rlette Von Staukhosen était romancière. Elle était relativement ménagée par le mauvais sort qui colle généralement à la peau de ceux qui veulent écrire, et plus ou moins en vivre. Non pas qu'on ait pu dire qu'elle vivait uniquement de sa plume, mais de la sienne et de celle des autres. En outre, elle était assez souvent chargée de cours au cégep d'Alma, de Jonquière ou d'ailleurs. De temps en temps, on la sollicitait pour prononcer des conférences sur la littérature policière. Elle avait aussi siégé à la table de différents jurys, mis en place par le ministère des Affaires culturelles, en vue d'attribuer des bourses à la création littéraire et à la promotion de l'édition entre autres...

L'accumulation de tous ces petits revenus, s'ajoutant à ceux que consentait à lui verser pour des périodes plus ou moins longues Emploi et Immigration Canada, faisait qu'elle finissait par s'arracher la vie à la mesure de ses exigences modestes. Quant aux droits d'auteurs, même si son dernier roman avait été publié en France et bien reçu par la critique, ils ne représentaient que peu de chose dans son budget, tout au plus une friandise. Bien sûr, il y avait à l'horizon l'espoir de faire un film à partir d'un précédent bouquin. Mais...

Oui, jusqu'à ce jour, Arlette Von Staukhosen avait été à l'abri du mauvais sort, de celui qui peut vous faire tomber de charybde en scylla ou de chômage en bien-être social, quand vous n'êtes pas syndiqué jusqu'au bout des ongles et accroché à un emploi comme une moule à son rocher. Elle avait aussi été épargnée par la maladie, et ses rares visites à l'urgence n'avaient été motivées que par une otite aussi soudaine que douloureuse, à trois heures du matin, ainsi que par une angoisse de crise cardiaque qui s'était révélée en réalité une douleur brachiale et thoracique, causée par une mauvaise position pendant le sommeil.

La quarantaine à peine atteinte, elle affichait un parcours d'écrivaine de romans à suspense, digne d'intérêt, couronnée par plusieurs prix littéraires. Qui, d'ailleurs, n'avait pas le sien?

En ce matin de novembre 198?, elle remplissait une valise de quelques robes et de morceaux de lingerie et préparait une trousse de toilette.

Où mettre les flacons de produits d'entretien de ses verres de contact? Dans la valise? Ils risqueraient de geler dans la soute de l'autobus. Elle leur trouverait bien une petite place dans ses bagages à main. Oui, elle prenait l'autobus pour aller au Salon du Livre de Montréal. On annonçait une tempête. Bien sûr, elle aurait pu utiliser sa voiture. Une vieille Renault 5 rongée par la rouille. Une vraie désolation. Ça l'ennuyait bien un peu de se montrer dans un tel véhicule, mais pourquoi en changer? Son vieux «chameau» roulait bien, même si l'apparence en accusait le poids des ans. Depuis cinq ans qu'elle avait quitté le beau mâle universitaire qui lui avait servi de mari, de plus en plus mal d'ailleurs vers la fin de la décennie de leur union, elle avait bien décidé de reprendre pleinement son indépendance, y compris vis-à-vis de son mécanicien. Le plus souvent elle réparait elle-même sa voiture. Elle diagnostiquait la panne, commandait la pièce, déposait l'élément défectueux et le remplaçait. Ce qui fait que son vieux tacot était, tout compte fait, un des véhicules à moteur les plus sûrs en ville.

On annonçait une tempête de neige. Une vraie. Elle prendrait donc l'autobus, même si elle mettait normalement un point d'orgueil à ce que les conditions climatiques particulièrement excessives de son pays d'adoption ne restreignent pas son autonomie de conductrice. Elle jeta donc dans son sac *Différentes saisons* de Stephen King et son balladeur-stéréo-radio-cassette. Le seul moyen d'avoir la paix: un livre dans les mains et un casque d'écoute sur les oreilles. Ainsi, elle ne serait pas informée de la dernière réunion Tupperware à s'être déroulée chez l'une des éventuelles passagères de la banquette juste devant elle. Elle ne saurait pas, non plus, comment s'étaient terminés les oreillons du petit dernier de madame Une telle. De même qu'elle ne connaîtrait pas le drame d'une vieille dame aux cheveux violets qui n'arrivait pas à trouver un four à micro-ondes de la même couleur que ses autres appareils électriques... L'observation et l'écoute de ses contemporains étaient habituellement profitables à sa qualité de romancière. Nombre de ses personnages fictifs avaient pris naissance à l'insu d'individus bien réels qui évoluaient dans la vie de tous les jours et dont ils étaient des copies. Mais aujourd'hui, elle avait envie d'être seule.

Dans la salle d'attente de la gare d'autobus, il y avait beaucoup de monde. Elle échangea quelques mots polis et banals avec un ancien collègue enseignant qui venait conduire son épouse. Les écoles étaient fermées pour l'après-midi. La tempête... Arlette Von Staukhosen n'utilisait pas souvent les transports en commun, mais, cette fois, il lui semblait que la foule était différente. Différente dans sa composition, différente aussi dans ce qui en émanait. La foule n'était plus composée uniquement de jeunes, étudiants ou chômeurs, trop pauvres pour accéder au statut d'*homo-automobilicus*. On n'y remarquait pas, non plus, la forte proportion habituelle de manteaux de fourrure des dames du troisième âge qui vont faire un tour en ville. Il y avait là nombre d'adultes dans la quarantaine, supposément propriétaires d'une Chrysler ou d'une Dodge 600, d'une Pontiac 6000 ou d'une Honda Accord, qui avaient préféré ne pas affronter seuls la tempête. Aussi, on pouvait presque palper un sentiment de chaleur humaine, de celle qui transparaît lors des grandes catastrophes. Des sourires, quelques bribes de conversations, même un besoin physique de se serrer les uns contre les autres, de se toucher, dans cette salle d'attente qu'on aurait dit soudain trop petite, avaient fait place à la belle indifférence glaciale, marque de commerce commune à ces lieux de transit sans âme.

Arlette Von Staukhosen sourit à l'image qui lui vint de son enfance. Une couvée de poussins se rassemblaient autour d'une grosse poule, lorsque le ciel d'été virait au noir et que l'orage menaçait. Dans la poussière de la cour de la ferme de sa grand-mère, la poule s'ébrouait après s'être couchée et les petits en profitaient pour se faufiler sous cet amas de plumes en érection. Elle se souvenait aussi d'images de guerre que lui avaient racontée ses parents ou ses cousins, d'une quinzaine d'années ses aînés. Enfants, adultes et vieux, pêle-mêle, blottis dans des caves pendant les alertes. Bruits des bombardements. Arcs électriques, explosions. Silence. Regards étonnés d'être encore tous vivants et sourires de soulagements quand l'écho des explosions s'éloignait. La mort ne serait pas pour cette fois... Pourquoi ces souvenirs qui n'étaient pas les siens propres étaient-ils si nets? D'anciens cauchemars vieux de quarante ans, avant sa naissance.

D'un balayage de la main, devant son visage, comme pour se débarrasser de fils d'araignées, elle chassa ses vieux fantômes tout en relevant une mèche de cheveux qui lui barrait le front. Elle était au Lac-Saint-Jean, au Québec, et on annonçait une tempête de neige, une de plus. Les tempêtes les plus prédites, souvent, avortaient lamentablement. C'étaient les subites, les insidieuses, les sournoises qui étaient les pires, comme les chiens qui n'aboient pas.

Le chauffeur, la cinquantaine rassurante et les cheveux blanchis, enfournait les valises dans l'espace sombre situé sous l'autobus. Arlette Von Staukhosen aurait bien aimé s'asseoir devant, à l'une des places réservées aux non-fumeurs. Elle se retrouva juste à la première place des fumeurs, derrière la vitre teintée qui séparait les fumeurs et les non-fumeurs. Elle qui, pendant des années et des années, avait fumé en moyenne ses deux paquets de gitanes sans filtre par jour, se retrouvait solidaire du clan des non-fumeurs. Un peu plus d'un an sans fumée et l'odeur du tabac l'incommodait, surtout celle du tabac blond qu'elle n'avait jamais réussi à fumer. Cependant, elle faisait très attention de ne pas tomber dans le piège des nouveaux convertis, ces anciens pêcheurs repentis qui partent en croisade, et vous agressent au point de vous redonner envie de leur fumer le plus infect des cigares en pleine face. Elle ne se sentait aucun atome crochu avec tous ces nouveaux apôtres qui proliféraient en cette fin de siècle.

Elle se cala de biais entre le siège et la structure extérieure de l'autobus, plia son foulard de laine et le déposa sur le deuxième fauteuil à côté de son bagage à main, prit un air renfrogné et s'assura ainsi qu'elle n'aurait pas de voisin immédiat.

L'avenue Du Pont était devenue un long ruban blanc qui montait vers un horizon rapproché et incertain, où se mêlaient le bleu-gris et le blanc. La rivière Grande-Décharge déchirait cette blancheur d'une blessure noire... espace béant sur l'émergence toujours possible de nos vieux fantômes et de nos frayeurs ancestrales. L'autobus devenait ainsi une sorte d'arche chargée d'âmes, ayant pour mission de leur faire traverser un univers hostile sans encombre.

À Hébertville, quelques personnes s'engouffrèrent dans l'autobus, suivies par un nuage de neige violemment aspiré. En rentrant, une dame d'un âge certain perdit la vue au moment où la chaude humidité ambiante de l'autobus se figea sur les verres de ses lunettes. Elle ôta celles-ci, brandissant sa monture dont la complexité des lignes brisées affichait un design qui se voulait très contemporain. Elle offrait aux autres passagers un regard perdu et effaré de myope. Elle chercha un port d'attache dans la brume, se laissa choir sur le premier fauteuil qu'elle pressentit inoccupé et écrasa, du même coup, le chapeau du vieux monsieur assis sur le siège voisin. Ne comprenant pas les raisons de l'agitation de ce dernier, la dame lui demanda fort poliment si cette place était réservée. «Excusez-moi je n'ai pas mes lunettes. Je ne vous ai pas compris...» Le quiproquo dura encore quelques instants et Arlette Von Staukhosen sortit son crayon feutre pour griffonner sur la page de garde du dernier volume de Stephen King: «Grosse dame myope assise sur le chapeau d'un vieux monsieur chauve».

C'est seulement lorsque l'autobus entama les premiers contreforts des Laurentides qu'Arlette remarqua son voisin de droite, dont elle était séparée par l'allée centrale. Elle ne pouvait le contempler que de profil. Il était à demi-tourné vers la vitre de l'autobus. Elle considéra le dessin de sa mâchoire parfaite et volontaire. Il avait les cheveux châtain foncé mi-longs, gracieusement bouclés. C'est à peu près tout ce qu'elle pouvait entrevoir de cet homme engoncé dans un anorak de duvet. Des cristaux de neige avaient fondu dans cette belle crinière fournie et s'étaient transformés en quelques perles de pluie vacillantes au bout de trois ou quatre boucles de cheveux. Elle aurait aimé y fourrager à deux mains, comme dans le poil d'un bon chien. Odeur de son shampoing ou de son parfum... Elle s'interrogea sur son âge. Le grain lisse et fin de sa peau, l'absence de reflets bleus sur la joue, indice d'une barbe drue, laissaient penser qu'il était jeune. Quinze ans? Trente ans? Quinze ans?... Détournement de mineur, même en pensée...

Il se retourna.

Elle adopta l'attitude de la rêveuse, livre à la main, fixant sans rien voir, satellisée dans ses pensées.

Lui, il ne s'aperçut de rien et fut même amusé de constater que quelqu'un pouvait être à cent lieues de cette tempête qui allait s'amplifiant. Il esquissa un sourire, quand il la crut redescendue sur terre.

Vingt ans. Oui, il avait vingt ans, peut-être vingt-cinq? Beau. Son sourire qui découvrait une rangée de dents parfaitement blanches, faisait penser à Arlette à un imperceptible feulement de chat. Elle aimait les chats. La lèvre supérieure s'était légèrement accentuée vers le haut, découvrant la roseur humide d'une gencive d'où sortait une canine un tant soit peu proéminente et plus longue que les autres dents. Sentiment d'une violence féline contrôlée, désir d'une lutte ludique et d'une morsure dessinant sur la peau une veinure rougeâtre, à l'extrême limite entre la douleur et le plaisir.

Elle risqua encore un regard vers lui qu'elle fit prudemment glisser vers les instructions en anglais, placardées à l'avant de l'autobus. Il regardait dans sa direction.

C'est son sourire qu'elle avait en mémoire. Elle n'avait pu enregistrer les autres détails de son visage. Elle savait qu'il était beau et qu'il portait encore le hâle de l'été.

Il neigeait toujours en abondance. Les essuie-glaces, à chaque balayage, entassaient toujours un peu plus de neige dans les coins de chaque vitre du pare-brise, jusqu'au moment où la résistance de l'air emportait le paquet de neige glacée en le projetant sur la chaussée ou sur le bas-côté. Lentement à chaque aller-retour, le balai de caoutchouc entassait de nouveau sa petite quantité de neige et, quand le tas devenait assez gros, il disparaissait dans les remous de la tempête. Arlette se mit en quête de savoir si tous les tas de neige qui se détachaient invariablement du coin droit du pare-brise étaient égaux. Elle se redressa, et fixa. Un premier tas de neige se détacha, suivi d'un deuxième, puis d'un troisième. Ça allait trop vite. Impossible de se faire une idée objective. Elle décida alors de compter le nombre de coups d'essuie-glaces nécessaires pour amener un tas à maturité, encore qu'il n'était pas démontré que chaque balayage entassât la même quantité de neige, mais ça devait être une bonne approximation, estima-t-elle. Un, deux, trois... Cinq ou six? Sept, huit? Un moment d'inattention. La neige glacée s'envola. C'était à recommencer. Un, deux, trois.

Les passagers furent soudainement poussés vers l'avant. Le chauffeur avait brusquement rétrogradé la vitesse. Les tas de neige glissèrent sur le pare-brise. Plusieurs personnes se penchèrent vers l'allée centrale pour voir ce qui se passait à l'avant. Certaines aperçurent le zigzag inquiétant des phares d'une grosse masse gris et noir. Un lourd fardier était devenu fou en haut de la côte de la base militaire du Mont-Apica. Le clignotant jaune, suspendu au milieu de la chaussée, œil de cyclope désincarné et inutile, était parfaitement insensible, dans sa régularité idiote, au drame imminent. Le conducteur de l'autobus avait réussi à ralentir et à serrer à droite, tout en rétablissant une stabilité, quelques instants perdue. Le mastodonte incontrôlé se rapprochait dangereusement. Combien restait-il de secondes avant qu'il ne crève violemment le fragile écran constitué par le pare-brise, pour faire irruption dans une constellation de verre brisé? Traînées de lumière comme sur une photo prise au ralenti. Le poids lourd sortit du champ de vision. Éternelles fractions de seconde, dans l'attente du choc fatal. Bruit de soufflerie à faire vibrer toutes les vitres. Nuage de boue et de neige glacée envahissant tout l'espace, le phagocytant dans un fracas d'enfer... Puis, mourant comme la queue d'une comète... Silence... La tension était tombée. Les muscles se relâchaient. Le sang recommençait à circuler normalement. On entendit des froissements d'étoffe, chacun se réinstallait plus confortablement sur son siège. Les langues se délièrent, commentant le passage extrêmement rapproché d'un camion fou qui aurait pu s'appeler «La Mort».

Arlette se retourna vers son voisin.

«Crisse que ça a passé proche», lui dit-il.

Elle esquissa un sourire et reconnut qu'elle avait craint l'hécatombe. L'échange se poursuivit ainsi, banal et machinal. Surtout machinal, en ce qui concernait Arlette. Elle en profitait pour concentrer toute son attention sur le visage de son interlocuteur.

«Diable que tu as de beaux yeux noirs, profonds!...», pensa-t-elle.

«Il était gros en maudit, enchaîna-t-il.

—Oui, je n'étais pas rassurée...», poursuivit Arlette en le dévisageant. Ses sourcils brillants, parfaitement bien dessinés, se prolongeaient jusqu'à la naissance des tempes, offrant à ce visage un air dégagé plein de franchise et de joie de vivre. Elle aurait pris plaisir à les lisser, avec son index mouillé d'un peu de salive. Elle imaginait déjà la courbure harmonieuse qu'elle aurait imprimée à son doigt.

Des cils longs, gracieux. Presque féminins.

Sa lèvre supérieure était à peine soulignée par un trait d'ombre, un duvet délicat qui témoignait d'une adolescence encore toute proche. Désir de posséder cette bouche, de sentir le chatouillement doux du poil sur le bout de la langue.

Un visage où alternaient à la fois, dans un charmant équilibre, la fragilité d'un enfant et la violence érotique d'un jeune mâle à son plein épanouissement.

Quelle prétention de vouloir lui apprendre des caresses! Il n'avait sans doute pas besoin d'être initié par une vieille folle. *Ben oui*, elle se sentait vieille devant ce déluge de jeunesse et de santé.

Elle aurait détesté qu'il l'appelât «maman». «Je ne veux pas inspirer le respect», pensa-t-elle.

«Il fait chaud», dit-il.

Quand il ôta son vêtement d'hiver, elle était assez proche pour sentir son odeur chaude qu'elle inhala profondément. Il se leva, pour déposer son anorak dans le porte-bagages. L'espace réservé à cet effet au-dessus de son siège était encombré de sacs et de valises. Il se retourna donc vers l'espace opposé, au-dessus du siège d'Arlette. Elle eut tout le loisir de contempler son corps. Sous son chandail de coton ouaté bien ajusté, se dessinait un beau torse musclé, séparé en deux plages et ponctué de deux petits points bien visibles, malgré l'épaisseur du tissu où l'on pouvait lire *University of Ohio*. Le vêtement bourré de duvet et gonflé d'air refusait de tenir dans cet espace étroit. Le jeune propriétaire s'étira pour le tasser vigoureusement au fond du porte-bagages, découvrant ainsi une large partie de son abdomen. De la dépression du nombril coulait une mince traînée de poils fins, qui allait s'élargissant vers le bas pour disparaître sous la ceinture de son jean. De chaque côté, là où finit l'aine, deux plis symétriques très nets dessinaient un «v» dont la pointe se terminait hors du regard d'Arlette. Elle imagina le chemin pris par l'eau de la douche sur le corps bronzé. À l'entre-jambes, la toile du jean était délavée, plus pâle et renflée. Elle devina la position du pénis au repos, logé sur la droite dans le pli de l'aine.

Il se rassit. Leurs regards se croisèrent à nouveau. Avait-il saisi son regard insistant et indiscret? En était-il offusqué? Allait-il bouder en s'installant dans un mutisme obstiné, jusqu'à Québec? «Il aurait tort, il est beau comme un dieu grec, pensa-t-elle. À sa place, je serais très fière d'inspirer le désir.»

Elle, il lui arrivait encore de se sentir coupable d'entretenir de tels phantasmes. Que les hommes le fassent à l'endroit des femmes, croisées au hasard dans un lieu public, à la table d'un restaurant ou derrière un guichet de banque, était chose courante et il n'y avait plus que quelques féministes fourvoyées pour hurler encore au sacrilège. «Qu'elles aillent au diable!» Elle ne fut pas certaine d'avoir pensé ou parlé fort.

Elle enfourcha sur sa tête le casque d'écoute de son baladeur et se replongea dans *Différentes saisons* de Stephen King. Todd, le jeune adolescent américain, sans problème, sportif, aimable, dévoué, intelligent et qui réussissait si bien à l'école, assassinait de vieux clochards avec un sourire angélique, et torturait avec délectation l'esprit d'un vieux SS, qui tentait de faire oublier son passé d'hitlérien en Californie. King l'émerveillait toujours. Elle admirait l'art qu'avait cet auteur de partir d'une situation anodine pour la déformer progressivement jusqu'à l'invraisemblance.

Peu à peu, son attention se relâcha pour laisser place à la rêverie. D'un œil distrait, elle regardait le défilement du paysage à travers une vitre atteinte d'une vibration aiguë et irrégulière. La neige avait pratiquement cessé, mais le vent s'était levé. La poudrerie balayait la route. Le lac Jacques-Cartier avait prématurément gelé et était strié d'ondulations blanches comme des traces de reptation laissées par un immense serpent nordique. Elle ferma les yeux, se laissa bercer par le roulis. Enveloppée dans son grand manteau, elle aimait sentir son corps parcouru par des ondes de chaleur successives. La somnolence vint.

Elle était au Maroc. Le sable, poussé par le sirocco, fuyait sur la piste de terre battue, entraînant dans sa course de minuscules lézards aux déhanchements frénétiques. Il faisait chaud. Les dunes blondes du désert venaient mourir nonchalamment dans les rides blanches d'un océan bleu. Au loin, les zébrures bleutées de la chaleur réfléchie vers le ciel faisaient danser l'ombre floue d'une caravane de chameliers. Les Hommes bleus allaient affronter le désert. La stridence électrique des cigales envahissait l'espace. Obsédant.

Soudain, une forme se découpa dans le soleil, au sommet d'une dune. Un enfant, vêtu d'une djellaba bleue, dévalait la courbe, donnant ainsi naissance à une rivière de sable. Elle ne pouvait percevoir, de cet être venu de nulle part, que ses dents nacrées largement découvertes par un sourire épanoui. L'adolescent étendait les bras, faisait l'avion pour s'envoler. L'air chaud s'engouffrait dans le vêtement ample, le gonflant et le dégonflant alternativement, découvrant une paire de jambes bronzées. Ce jeune homme poursuivait à l'infini sa descente en lacet. À une longue ondulation vers la droite infligée à sa course ludique, qui le faisait pratiquement disparaître, succédait une vaste courbe sur la gauche qui le faisait se rapprocher de plus en plus. Dans l'amorce du dernier lacet, à moins qu'il ne décidât de poursuivre sa course sur les flots, il ôta sa djellaba. Le vent s'en empara, puis la laissa choir. Tache de tissu bleu sur le sable, miroir reflétant le ciel. Il était nu. Il accourut, droit vers elle. Elle reconnut son voisin d'autobus. Le soleil africain avait noirci sa peau, donnant encore plus d'éclat à ses yeux. Il s'assit en tailleur à ses pieds, soumis, confiant et souriant. Elle s'agenouilla, lui sourit en le contemplant de très près. Il sentait bon un mélange d'odeurs épicées et fleurait aussi le thé à la menthe et le jasmin. Quelques gouttes de sueur perlaient sur son front. Avec son index, elle lissa le sourcil droit de ce bel éphèbe pour en recueillir l'humidité. Elle porta son doigt à sa langue. C'était bon. C'était salé, poivré, puis apparaissait dans la bouche une explosion de saveurs agréables des plus sucrées aux plus épicées. Elle poussa délicatement son torse où elle sentit les palpitations accélérées du cœur qui était encore sous l'effet de cette course vers elle. Il ne résista pas et s'allongea. Elle lui décroisa les jambes, avec une infinie douceur. Il était candidement offert à son regard et aux rayons du soleil.

Elle lui caressa le visage, redessina ses lèvres et suivit à deux mains le galbe de son cou puissant avec l'impression de le sculpter. La vulnérabilité de sa veine jugulaire légèrement saillante l'émut. Elle sourit. Lui aussi. Elle saisit une poignée de sable dans le creuset de ses mains jointes et en laissa cou-

ler un mince filet sur ce corps offert au désir. Elle recommença plusieurs fois en dessinant des arabesques sur le thorax, le ventre, le bas-ventre et les jambes. Corps de sable sculpté dans la dune. Elle aspira une goulée d'air chaud qui descendait du désert vers la mer et souffla sur la poitrine, pour lui donner vie. Les grains de sable s'envolèrent, brillants dans la lumière. Puis, elle souffla sur tout le corps, dégageant ainsi chaque élément de sa gangue de sable. Femme-Dieu donnant naissance par son souffle. Les poils, comme des herbes folles retenant l'avance des dunes, avaient emprisonné des grains de sable, auréoles cristallines autour des deux pointes brunes et durcies de sa poitrine. La toison qui conduisait vers son sexe était toute dorée de sable fin d'où émergeaient des successions de poils noirs et luisants. Des grains de mica, minuscules paillettes argentées, sertissaient le repli du prépuce. Elle lui prit le pénis et approcha ses lèvres près du gland rosé. Le membre se releva, recourbé et vibrant comme le dard d'un scorpion des sables. Elle sourit...

Une avalanche de bruits de ferraille explosa, lacéra la quiétude du désert. Arlette eut la sensation d'être violemment projetée sur le dos. Les tanks de la guerre du Sahara espagnol violaient l'espace. Soleil voilé. Cascades de chenilles d'acier. Corps meurtri. Jambes broyées. Douleur des chairs déchiquetées...

Arlette Von Staukhosen se sentait clouée au sol, elle le vit qui inclinait doucement son visage vers elle. Toujours le même sourire tendre, rassurant. Il était tout près. Elle sentait son souffle chaud. Mais pourquoi ses sourcils étaient-ils tout blancs de neige? Pourquoi était-il livide? Et cette blessure rouge sur son front? Pourquoi le sable était-il devenu si froid? Pourquoi se liquéfiait-il dans sa main brûlante? Panique, inquiétude... Mais il était toujours là, protecteur et beau. Une goutte de sang perla sur sa joue avant de tomber. Elle voulut lui parler. Aucun son ne sortit de sa gorge. Elle rassembla toutes ses forces. Elle balbutia: «Je t'aime», et ferma les yeux.

«Qu'est-ce qu'elle dit?, questionna quelqu'un.

—J'ai rien compris», répondit le jeune homme.

L'autobus d'Alma-Québec gisait dans le fossé, couché sur le côté. D'une grande déchirure dans la tôle du flanc pendaient ses entrailles, tissus déchirés et sièges tordus.

Le jeune homme était toujours penché sur le corps allongé de cette femme qui venait de mourir d'une hémorragie. Elle avait eu les deux jambes sectionnées dans l'accident.

Les éclairs bleu et rouge des voitures de police jetaient des reflets sinistres sur la neige.

Le jeune homme se redressa, alla vomir dans le fossé. C'était la première fois qu'il voyait mourir quelqu'un.

PAS DE CAFÉ POUR ÉMILE

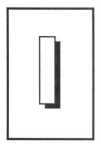l était midi. C'était l'heure où les autocuiseurs se transforment en locomotives à vapeur, où les aspirateurs deviennent la mousson, où les chasses d'eau des toilettes envient les chutes du Niagara, où les enfants rentrant de l'école sont les James Bond et les Tarzan des escaliers. C'était surtout l'heure où les mères de famille ne se prennent plus pour Bocuse. Le lait déborde sur les réchauds à gaz, les béchamels collent au fond des casseroles, les ragoûts noircissent, les soufflés au fromage s'époumonent pour se dégonfler lamentablement. C'est aussi l'heure du «Va me chercher du sel chez l'épicière en face» qui va de pair avec le «J'ai pas le temps, l'école recommence dans une demi-heure».

Ce midi-là, comme tous les autres, la rue du Jersual à Dinan était déserte. Les façades à losanges du XIIIe siècle

des maisons au premier étage en encorbellement sur-
veillaient gravement la rue à rigole centrale avec ses
pavés suintants. Ça et là voletait un papier gras ou un
sac de plastique, un kleenex humide achevait de s'effi-
locher entouré de boules de gomme, verrues glaireuses
sur les pavés de granit poli par les ans. Tout respirait la
moiteur automnale d'une ville bretonne balayée par le
vent. Derrière les façades, des milliers d'abeilles humai-
nes s'affairaient dans un bourdonnement confus, d'où
émergeaient par une fenêtre ouverte, de temps à autre,
les informations d'Europe numéro un, les acclamations
du «Jeu des Mille francs» et la lumière bleutée d'un
téléviseur.

À l'abri d'une de ces façades, les Le Hénaff pouvaient
se chicaner en toute intimité, personne ne les entendait.
Émile était un retraité des chemins de fer. Après avoir
végété des décennies dans une petite gare de campagne
qui avait fini par fermer, il demanda et obtint une pré-
retraite de deux ans. Il pensait être incapable de s'accli-
mater à une gare plus grande où il n'aurait été qu'un
subalterne. Là où il avait officié, il jouissait de la notoriété
du chef de gare, ce qui lui avait permis de bénéficier d'une
place de choix au bistrot du coin et de la considération
des autres consommateurs qui, comme lui, avaient transformé le rite du bistrot en véritable religion. Leurs trognes
de bons vivants étaient les marques de ce culte particulier.

Comme à l'église, la communion ne s'y pratiquait
que sous une seule espèce et le bistrot, lui aussi, était régi
par un calendrier très précis. Le dimanche, c'était le tiercé.
Le lundi, les commentaires des matches de foot du
dimanche à la fois à l'échelle internationale, nationale,
régionale et locale. Le mardi, on pouvait ressasser soit le
sujet du dimanche soit celui du lundi, si l'on estimait ne
pas avoir totalement circonscrit la question. Le mercredi,

le bistrot s'animait. Les marchands ambulants, après le marché en plein air du matin, venaient se réchauffer et évaluer leurs opérations financières. Le jeudi, c'était plus calme. Le vendredi, les pratiquants occasionnels venaient célébrer la fin de semaine. Le samedi, journaux à l'appui et avec le doigté des agents de change de Wall Street, on supputait les chances de Belle-De-Mai montée par Yves Saint-Martin. Autrement dit, on préparait le tiercé du dimanche. Émile Le Hénaff, pendant trente-cinq ans, avait vécu entre le bistrot et sa gare, abandonnant de plus en plus cette dernière à mesure qu'il avait gravi les échelons hiérarchiques de la SNCF. Par ailleurs, l'activité ferroviaire déclinait doucement à mesure que les usagers délaissaient le train pour l'automobile. La fermeture de la gare scella la fin d'une époque.

Au cours de sa vie, il avait amassé un petit pécule pas trop entamé par la tenancière du café. Il avait donc acheté un appartement en ville. Ce qu'il regrettait le plus, c'était les remugles de tabac froid et de bière renversée quand, à sept heures du matin, il allait s'asseoir au fond du troquet, le seul endroit où la serveuse avait eu le temps de passer sa serpillière dégoulinante. Il ôtait une chaise de sur la table, s'asseyait lourdement, se frottait le menton hérissé de poils poivre et sel qu'il n'avait pas pris le temps de raser. La serveuse lui apportait son petit blanc, descendait les trois dernières chaises et les glissait sous la table.

On ne saurait raconter comment madame Le Hénaff avait rencontré son mari. On peut toujours imaginer qu'il y a près de quarante ans, une jeune campagnarde timide avait perdu son billet de train et raté sa correspondance. Perdue et larmoyante dans le hall de la gare déserte, elle avait été consolée par un stagiaire gauche et mal à l'aise dans un uniforme trop grand. Enfin... Au début de ses trente-cinq ans de vie d'épouse de chef de gare, Léone avait été bien discrète. Par la suite, sa salle à manger était devenue le salon de thé de la gare où elle faisait venir ses amies et connaissances pour leur éviter de se geler les pieds en attendant le train dans les courants d'air humides.

Elle avait bien assisté à des inaugurations de comices agricoles, de salles d'Amicale laïque. Pour ces quelques occasions elle se parfumait abondamment, se barbouillait les lèvres d'un rouge écarlate. Mais sa vie s'était à peu près limitée à l'univers de la gare. Madame Le Hénaff était reconnue pour sa gentillesse avec tout le monde, même avec le curé dont elle ne fréquentait pas l'établissement. Les cheminots, comme les instituteurs, sont de gauche et bouffent du curé, ce qui n'empêchait pas Léone d'offrir un thé à monsieur l'abbé, et Émile de boire un demi pression avec le même homme qui, de toute évidence, ne savait se contenter de son vin de messe.

Les Le Hénaff n'avaient jamais eu d'enfants. Les services de l'Assistance publique leur avaient bien confié, à une certaine époque, le soin d'héberger quelques orphelins; cependant, aucun d'entre eux n'était resté assez longtemps pour tisser des liens durables. Vues impénétrables de l'administration... leur foyer avait vu passer nombre de jeunes adolescents en transit. Oh, de temps en temps, le couple avait bien reçu une carte postale d'un Jean-Luc ou d'une Claudine dont ils avaient du mal à se remémorer les frimousses, après tant d'années. Le courrier était devenu plus rare, puis inexistant.

Léone se retrouvait donc seule avec son mari dans un trois-pièces-cuisine de la rue du Jersual. Le débonnaire Émile, en cinq ou six ans, n'avait pu se reconstituer un univers en ville. Il devint pratiquement invivable, condamné à siroter sa bière entre le réfrigérateur et la table de la cuisine. Léone ne supportait plus la présence continuelle de ce mari oisif et cloîtré, alors que pendant des années, elle avait bénéficié d'une grande autonomie domestique, quand Émile se dévouait alors pour l'État français. Maintenant cette promiscuité favorisait de continuelles chicanes qui prétextaient des riens pour éclater.

Les seuls moments de répit pour Léone étaient les jeudis matins, quand le marché de Dinan s'animait. Émile partait vers neuf heures faire le tour de la ville. Il longeait la rue Sainte-Claire chargée de l'odeur grasse des saucisses qui rissolaient et des galettes de sarrasin qui doraient sous les auvents de toile des restaurants ambulants. Il aimait se perdre dans la foule des paysans aux trognes rougies, ravinées par le grand air et le cidre. Préoccupés de leurs affaires, vêtus de leur bleu de travail ou engoncés dans leur habit du dimanche, ils marchaient machinalement vers un but bien précis sans musarder aux vitrines comme leurs épouses, engouffraient en deux coups de mâchoire bruyants leurs galettes-saucisses qui disparaissaient dans des bouches partiellement édentées. Ainsi, tous les jeudis, la campagne se déversait en ville dans une fébrilité grouillante de fourmilière.

Sur la Place du Marché au Beurre, des femmes écoutaient, attentives ou l'air dubitatif, des camelots leur vanter dans un déluge de paroles les avantages d'un nouveau gadget culinaire directement importé d'Italie ou des États-Unis et *made in* Hong-Kong.

«Mes petites dames, avec cet appareil les ménagères américaines économisent deux heures de travail par jour. Dans cette position, le robot-magique épluche carottes et pommes de terre en un tour de main.»

Le vendeur rajoutait gratuitement toute une panoplie d'ustensiles qui permettaient d'éplucher les oignons, de découper les pommes de terre en tortillons ou les carottes en rondelles ondulées. À la fin de sa démonstration, il interpellait une badaude.

«Hé là! La petite dame là-bas, oui vous là, ne me dites pas que ça ne ferait pas la joie de votre belle-mère de voir, dimanche prochain, de beaux petits légumes comme ceux-là autour du rosbif?»

La «petite dame» rougissait, tentait de se dissimuler, mais tous les regards convergeaient vers elle. Elle finissait généralement par répondre à l'invitation d'essayer l'invention du siècle. Avec l'aide habile du démonstrateur, une pomme de terre s'épanouissait en volutes gracieuses. La femme avait repris confiance en elle...

«Eh bien! cet appareil qui vaut 150 francs, je vous le fais pas à 130, je vous le fais pas à 120, même pas à 110. Je vous le donne à 100 francs. En plus, GRATUITEMENT, vous avez un plat en inox. La quantité est limitée, les premières mains levées emportent le tout pour 100 francs. Madame ici, tenez; voici le robot-magique, le plat en inox et, parce que vous êtes la première à avoir levé la main, je vous remets un livre de cuisine.» D'autres mains se levaient.

«Et comme c'est aujourd'hui la fête, tout le monde recevra le livre de cuisine en cadeau avec l'achat du robot-magique. Pour 100 francs, un robot-magique, un plat en inox, un livre de cuisine. Si je continue comme ça à tout donner, mon patron va me virer. 100 francs ici. Tenez. 100 francs là. Tenez...»

Monsieur Le Hénaff avait assisté à des spectacles semblables des milliers de fois, mais il restait toujours fasciné par l'éloquence et le sens de la mise en scène des camelots. Un jeudi, il s'attardait devant un marchand de draps qui donnait des taies d'oreillers à l'achat d'une paire de draps ou d'une nappe en pure soie artificielle.

Une autre fois, c'était devant un marchand de chaussures, où l'on pouvait acquérir trois paires pour le prix d'une. Et toujours, flottaient ces odeurs de saucisses rissolées mêlées aux relents de sueur d'une foule compacte, aux effluves campagnardes qui envahissaient la ville, lui donnant le cachet particulier d'un sauna mal tenu. Les jours de pluie, tous ces parfums forts se coloraient d'un caractère fétide qui s'harmonisait avec un ciel gris travaillé à la mine de plomb. Émile humait à pleins poumons ces odeurs puissantes. La seule qui l'incommodait, voire l'exaspérait, c'était le parfum synthétique des huiles solaires dont les touristes s'enduisaient, en période estivale. Il n'aimait pas ces Anglais, ces Hollandais, ces Parisiens venus en troupeaux s'émerveiller bêtement de cette Bretagne rurale. «Comme si leurs grands-mères n'avaient jamais glissé sur une bouse de vache», pensait-il. Tout compte fait, ce qu'il détestait le plus, c'était qu'on les regardât, lui et ces paysans dont il se sentait solidaire, comme des ours en cage. Sa Bretagne n'était pas un zoo pour être fixée sur la pellicule des Yaschica, Mamiya et Canon. La vue d'un appareil photographique le rendait furieux, lui gâchait sa matinée.

Après la Place du Marché au Beurre, il traversait la Place du Guesclin où la statue du renégat breton émergeait à peine de la multitude bigarrée des stands de toile cirée et des camions spécialement conçus en comptoirs ambulants. Un tel rassemblement donnait à cet espace dallé de pierre, l'allure d'un immense parapluie en patchwork. Chapeliers, marchands de tissu, marchands de quatre-saisons, bottiers, bimbelotiers, voisinaient dans une activité brouillonne et pourtant régie par des lois immuables et précises. Émile préférait effectuer ses rares achats dans les magasins de la ville, d'ailleurs c'étaient les mêmes commerçants qui tenaient un stand en plein air, à quelques exceptions près.

Souvent, il se rendait au marché aux bestiaux de la Place Saint-Sauveur. En fait, il s'arrêtait là chaque jeudi. Sur cette petite place carrée, dominée par une église du XIVe, des bouchers pansus pataugeaient dans la paille humide, supputant les qualités de telle ou telle vache ou de jeunes veaux de boucherie. Dans l'indifférence générale, une vache pissa abondamment. Une cataracte d'urine fumante explosa en mille jets entraînant un fleuve rougi par les bouses, qui se fraya un chemin sinueux vers la bouche d'égout. Les acheteurs et les vendeurs s'affairaient: les cultivateurs en bleu de travail et bottes de caoutchouc noires, et les bouchers en blouse noire et bottes doublées de couleur ocre. Deux équipes d'un même match de foot. Les transactions se terminaient dans les nombreux bistrots qui cernaient la place. Des piles de billets de 100 francs zigzaguaient sur les tables entre les verres de muscadet. Les épouses, elles, se tenaient en dehors de ce commerce, cantonnées dans un coin de la place, vendant leurs volailles dont les profits étaient destinés à leurs besoins ménagers. Tout ce bouillonnement fascinait Le Hénaff et trompait sa solitude de retraité. Cependant, il était seul à sa table devant son p'tit blanc sec. Rien à acheter. Rien à vendre. La retraite. La voie de garage. Un wagon désaffecté.

Vers midi, midi et demi, il passait aux halles au poisson. Des poissardes ventrues y ventaient la fraîcheur des maquereaux, des soles, des merluches, des merlans, des sardines, qui gisaient sur des lits d'algues mêlées à de la glace pilée. Ici, des crevettes encore vivantes sautillaient et tombaient des cageots de bois. Ailleurs, c'était des praires, des moules, des coques, des palourdes et autres mollusques, qui béaient pour se refermer brusquement au moindre contact. Des crabes, des étrilles, des dormeurs, pêle-mêle, se déplaçaient pesamment dans leur manne de treillis métallique pendant que leurs yeux montés sur pivot s'affolaient dans tous les sens. Émile généralement faisait le tour de la placette à arcades pour comparer les prix. Il saisissait un crabe par le dessus de la carapace, le retournait sur le dos, vérifiait s'il était bien vivant en soulevant l'organe génital, ce qui faisait réagir immédiatement l'animal, ôtait son doigt pour ne pas se faire pincer. Il savait aussi déterminer si la partie postérieure de la carapace était légèrement décollée de sa base, signe que le crustacé était plein comme un œuf. Ce dernier point était pour lui très important car il préférait la chair légèrement rosée de l'intérieur à celle blanche et plus charnue des pattes. Un connaisseur en fruits de mer.

Madame Le Hénaff aurait souhaité que chaque matin fût un jeudi. Chaque semaine donc, elle disposait de trois ou quatre heures de solitude bien à elle. Elle en profitait pour se faire un shampoing colorant, enrouler ses cheveux sur des bigoudis multicolores, papoter avec sa voisine de palier, feuilleter des revues de mode pas pour elle.

Elle n'aurait pas souffert de ce déménagement en ville, n'eût été l'inadaptation d'Émile. Elle s'était constitué un cercle d'amies ou du moins de connaissances. La ville même l'attirait. Au début, elle fréquentait le Théâtre des Jacobins où le gratin dinanais s'extasiait aux spectacles des JMF (Jeunesse Musicales de France) ou lors des rares représentations de pièces de théâtre. Son mari avait très vite cessé de l'accompagner, et une femme de plus de soixante ans ne sort pas seule. Après les tentatives avortées de soirées au Théâtre des Jacobins, elle avait bien essayé de l'emmener au cinéma. Lui n'entendait rien au fait de dépenser quelques dizaines de francs pour regarder un film, alors qu'il pouvait le faire tous les soirs chez lui devant son petit écran. Enfin, elle s'était rabattue sur la bibliothèque municipale, dévorant roman sur roman entre deux tricots. Là non plus, Émile ne comprenait pas l'intérêt de sa femme pour la lecture, estimant que dans les livres les personnages se chicanaient, comme eux à la maison, et que le fait de se chicaner devrait la dispenser de lire les querelles des autres. Quant à la lecture des romans d'amour, sa femme lui paraissait beaucoup trop vieille pour cela. Léone enrageait devant tant d'obstination et de mauvaise foi, d'autant plus qu'Émile regardait n'importe quoi à la télé, y compris les films dont les scénarios étaient tirés des romans qu'elle avait lus. Quand il tenait de tels raisonnements, elle aurait aimé pouvoir l'étriper... mais ses accès de rage intérieure ne duraient pas.

La première année de leur retraite citadine, pour meubler leur temps, ils s'étaient inscrits à un club du troisième âge. Tous les deux étaient très rapidement tombés d'accord pour ne plus le fréquenter. Partir en autobus avec d'autres vieux perclus de rhumatismes pour visiter et revisiter vingt fois les mêmes monuments historiques, ne les emballait pas. Voir leurs congénères béats effectuer des tours de petit train autour d'un étang semé de nénuphars et sillonné de cygnes engraissés aux cacahuètes, le tout dominé par un château renaissance, les déprimait. Se faire arnaquer dans des hôtels-restaurants de troisième zone les rendait agressifs. Les tranches de jambon étaient toujours trop minces, les terrines du chef trop remplies de farine, le bœuf trop cuit, les frites trop grasses, les petits pois fugueurs et trop rebelles, la vinasse trop aigre, «les délices du jardin» (la laitue) trop croustillantes. Cela rappelait aux Le Hénaff les wagons-restaurants de la SNCF. Quant à jouer à la belote avec n'importe qui, cette activité les désespérait. Sous prétexte de faire participer tout le monde, la gentille-animatriceoctogénaire organisait des équipes hétéroclites où les bons joueurs faisaient équipe avec des quidams qui oubliaient leurs annonces, confondaient le pique avec le carreau, balançaient le valet d'atout sur un sept ou un huit. Émile et Léone, étant de bons joueurs, avaient toujours des partenaires médiocres. Cependant, ils avaient eu la chance de rencontrer deux autres partenaires possibles, sans avoir pu jouer avec eux. Ces derniers habitaient, pour l'une à deux rues de chez eux, et pour l'autre pratiquement juste en face. Depuis ce temps-là, les uns et les autres avaient abandonné la gentille-animatrice et ses adolescents du troisième âge pour se réunir plusieurs fois par semaine chez les Le Hénaff.

«Belote et re, avec mon cinquante d'annonce, ça fait soixante-dix points d'avance, déclara en riant Lucien Bodin.

— Nous casse pas les burnes avec ton jeu à la con, explosa Émile qui était en phase de perdre sa sixième partie consécutive.

— C'est pas parce que tu n'as pas de jeu que tu dois te permettre d'envoyer tout le monde promener, répliqua son épouse.

— Bon Dieu, je suis chez moi et je peux envoyer sur les roses qui je veux.»

Lucien sourit, de tels excès de langage le laissaient froid. Madame Hébert, la partenaire d'Émile, une postière à la retraite, ne disait rien.

«Bon c'est la dernière partie, je vais aller faire un thé, proposa Léone.

— Donne-nous donc une bière à Lucien et à moi. Tu diras pas non, hein Lucien?

— Vous, ce sera du thé, madame Hébert?», intervint Léone.

Pendant la pause-thé pour les femmes et la pausebière pour les hommes, on parla de tout et de rien, du temps, de la télé, de la politique...

Avec ses lunettes cerclées de métal, madame Hébert, vieille fille ou célibataire d'un âge avancé, la soixantaine bien frappée, avait encore un certain charme qui tenait plus de l'institutrice à la retraite que de la manutentionnaire des postes.

Pourquoi ne s'était-elle pas mariée? Avait-elle eu des amants? Était-elle restée accrochée à un chagrin d'amour de jeunesse? On n'en savait rien. Il y avait une trentaine d'années, elle avait été mutée à la poste de Dinan, avait conservé son emploi sans bénéficier de promotions; non pas qu'elle ne donnât pas satisfaction à ses employeurs, mais elle travaillait dans un univers d'hommes et n'avait pas su se mettre en évidence au bon moment. Sa discrétion, sa timidité confinaient à l'effacement. Beaucoup de ses collègues s'étaient aperçus de son existence lorsque l'on fêta son départ pour la retraite.

Elle était sans doute destinée à vivre et à mourir dans le plus parfait anonymat. Ces parties de belote revêtaient, pour elle, beaucoup d'importance. Enfin, elle faisait partie d'un groupe. Elle existait. Émile l'appréciait pour sa finesse au jeu, tout en déplorant son manque d'exubérance. «On gueule quoi, quand on joue aux cartes!»

Lucien, lui aussi, avait eu une vie sans histoire. Son seul drame fut la mort de son épouse, la première année de sa retraite. Pendant plus de quarante ans, il avait travaillé chez un entrepreneur en construction. Ayant commencé comme manœuvre, il avait fini chef d'équipe. Sa retraite, il l'avait espérée. Il s'était dit qu'il en profiterait pour voyager. Pas de dettes, la maison payée, de plus, il avait hérité quelques lopins de terre de ses parents, qu'il louait ou qu'il vendait comme terrains résidentiels. Il était relativement à l'aise et pouvait envisager un ou deux petits voyages par année. La mort de son épouse lui causa un choc qui bouleversa toute son existence. Des amis l'avaient bien fait s'inscrire à un club du troisième âge pour qu'il ne broie pas trop du noir, mais il ne trouvait que peu d'attrait à ces fréquentations. Il s'était donc rabattu sur les parties de belote chez les Le Hénaff. Toute sa famille était restée à la campagne et il jouissait de la réputation du vieil Oncle d'Amérique. Allez savoir pourquoi..., il n'y avait jamais mis les pieds. Lorsqu'il lui arrivait de se rendre visiter les siens, il ne savait jamais qui était bien accueilli, lui ou son héritage potentiel.

La partie de cartes reprit après la pause. L'ambiance fut plus détendue, les deux femmes s'étaient entendues pour que l'on jouât avec calme et pondération.

La vie continuait ainsi, ennuyeuse. Des gens sans histoire, comme des milliers d'autres. Les seuls moments où un séismographe chargé d'enregistrer le rythme de la vie des Le Hénaff aurait grimpé sur l'échelle de Richter, étaient les périodes de disputes conjugales. On ne peut pas dire que l'ambiance, dans ces cas-là, était lourde, seulement explosive. Léone avait appris à ne plus encaisser les excès de mauvaise humeur de son mari. Elle n'intériorisait plus. Elle répondait. Cela n'était pourtant pas dans sa nature, mais c'était à force de volonté qu'elle avait réussi à faire face. Aussi, les disputes explosaient comme des feux d'artifice – aussitôt allumés, aussitôt éteints. Tout au plus, planait-il encore quelques rares relents de soufre qui disparaissaient lors du premier courant d'air occasionné par l'arrivée du facteur avec le chèque de retraite, ou par l'intrusion d'un démarcheur à domicile venu vendre un aspirateur dernier cri, ou encore par l'entrée en catastrophe de la voisine en manque de sel pour sa soupe du midi.

Ce matin-là, le bruyant camion du service de ramassage des ordures ménagères remontait péniblement la rue du Jersual; c'était d'ailleurs l'un des seuls à pouvoir emprunter cette rue réservée aux piétons. De son vacarme habituel de benne, accompagné du choc métallique des poubelles projetées sans ménagement sur le bord de la chaussée, il couvrait le bruissement de la ruche humaine qui s'éveillait.

Léone, levée déjà depuis un certain temps, roulait une pâte feuilletée pour préparer une tarte; Lucien et madame Hébert en prendraient bien une pointe cet après-midi. Émile, cheveux gris en broussaille, s'était levé du mauvais pied. Il réclama son café.

«Il n'y en a plus», précisa Léone.

Pas de café pour Émile. Sa mauvaise humeur crût. Il accusa sa femme de négliger les soins du ménage. Ce à quoi elle répliqua qu'elle avait considéré normal, pendant qu'il était chef de gare, de s'occuper entièrement de la maison, mais qu'actuellement il pourrait faire sa part. La retraite c'était fait pour deux. Qu'il descende à l'épicerie du coin s'il voulait du café. Émile refusa. Hé bien, il n'y aurait pas de café ce matin-là, conclut-elle. Émile s'enflamma, hurla que sa femme ne faisait plus rien. Il allait le prouver en longeant avec un doigt mouillé de salive une plinthe particulièrement inaccessible derrière le réfrigérateur. Il lui pointa son index maculé de poussière sous le nez.

«Évidemment, quand on veut chercher la petite bête on la trouve», rétorqua Léone.

Furieux, il la bouscula. Émile ne vit pas le coup venir. Il recula d'un pas et tomba lourdement sur le coin d'un petit meuble en bois massif. Comment expliquer que le rouleau à pâtisserie alla percuter Émile en plein front? Difficile à dire. Léone resta étonnée de son geste. Les sentiments se bousculaient en cascades rapides, regret d'avoir usé de violence, légitime défense, hilarité d'imaginer son mari avec une magnifique prune au milieu du front, inquiétude de ne pas voir Émile se relever. Effectivement, Émile était encore allongé à terre. «Il exagère, se dit-elle, il veut sûrement me faire marcher.» Elle n'avait pourtant pas frappé si fort. Une prune, juste une prune qu'elle enduirait de saindoux pour en limiter l'épanouissement trop évident. En tout cas, il faudrait bien donner des explications à Lucien et à madame Hébert cet après-midi lors de la partie de belote. Léone se pencha vers Émile, tenant toujours son rouleau à pâtisserie à la main. On voyait à peine la trace de l'impact sur le front. Elle souleva la tête de son mari. Sa main devint poisseuse. Elle la retira. Du sang et des cheveux. Le coin du meuble lui aussi était taché de sang. Elle inclina la tête sur le côté pour vérifier la gravité de la blessure du cuir chevelu. Un filet de sang s'échappant de l'oreille droite serpenta sur le dallage de la cuisine. Léone blêmit.

«Émile, réponds-moi. Tu m'entends?»

Elle lui saisit le poignet, ne réussit pas à trouver le pouls. Elle cala son oreille sur la poitrine de son mari. Le cœur semblait arrêté. Elle courut dans la salle de bain pour s'emparer d'un miroir et le planter sous le nez d'Émile. Pas de buée sur le miroir froid. Où avait-elle trouvé ces vieux réflexes pour déterminer la mort? Mort. Mort?

Elle composa le numéro de téléphone de police-secours. Deux chiffres. Une voix s'identifia dans le combiné. Léone reposa l'appareil. Silence... Il fallait réfléchir. C'était un accident. Rien qu'un accident. Émile avait glissé et était tombé, un point c'est tout. Un accident stupide. C'est ce qu'il fallait dire. Et puis c'était vrai. Elle n'avait pas voulu le tuer. Mais comment expliquer la bosse frontale? Ah oui, il s'était assommé dans une porte du placard en avant, avait glissé en arrière et s'était fracturé le crâne sur le petit meuble. Scénario difficile à avaler, même pour des policiers. Et pourquoi ne pas raconter la vérité? La vérité: elle avait commis un meurtre. Comment faire avaler la thèse de l'accident en avouant le coup de rouleau à pâtisserie? L'idée du procès, de la prison lui donna la chair de poule. Elle n'était pas coupable. Il fallait quitter quelques instants le lieu du m... Non, ce n'était pas un meurtre.

Elle alla dans le salon-salle à manger, se vit dans la glace du buffet. Une face de cadavre. Non, pas ce mot-là! Elle sortit une bouteille de cognac, s'en versa un verre qu'elle but d'un trait. Elle grimaça. Elle sentit le sang lui monter au visage, se regarda de nouveau dans la glace. L'alcool avait fait son effet. Elle se servit un autre demi-verre à liqueur de cognac, s'assit dans le fauteuil de télé. Il ne fallait surtout pas se soûler. Conserver sa lucidité.

De l'autre côté de la rue, juste en face, Yvonne Le Pinsec rentrait les bras chargés de son épicerie. Elle posa les sacs sur la table de la cuisine, en vida un, y introduisit trois œufs, deux tomates et un litre de lait. Il fallait bien rendre à Léone ses emprunts des derniers jours. Avant même de ranger ses achats dans le placard ou le réfrigérateur, elle sortit avec son sac de papier brun, traversa la rue. Un garçonnet d'une dizaine d'années s'évertuait à grimper à bicyclette le raidillon de la rue du Jersual, et on voyait les muscles de ses mollets se durcir et se contracter à chaque tour de pédalier. Yvonne Le Pinsec pensa à cette vieille Anglaise qui, pendant la Deuxième Guerre mondiale, montait tous les jours la côte à partir du port jusqu'à la rue des écoles. Une histoire qu'on se racontait encore dans le quartier quand, en arrivant au bout de la rue, le souffle brûlait les poumons. «Pourquoi des vieux comme les Le Hénaff sont venus se réfugier

dans cette rue pas catholique?», pensa Yvonne en grimpant l'escalier qui conduisait à l'appartement de Léone
et d'Émile. Elle frappa à la porte.

Léone sursauta, s'affola. Les idées se bousculaient
dans son esprit. Qui pouvait bien lui rendre visite? Un
quelconque vendeur d'encyclopédies? Elle ne répondrait
pas. La voisine? Elle ne pouvait feindre l'absence, jamais
ou presque jamais elle ne s'absentait, en tous cas pas de
si bonne heure. Léone entrebâilla la porte.

«Ça ne va pas Léone?

—Si, si.

—Réellement vous ne semblez pas dans votre assiette. Il y a quelque chose qui ne va pas?

—Non, ça va mieux. J'ai seulement mal dormi. J'ai
encore des palpitations cardiaques. Ça m'a inquiétée.

—Il ne faut pas rester comme cela. Il faut aller voir
un cardiologue. Il y en a un nouveau à l'hôpital. Un
Alsacien. C'est un peu comme les Allemands cette race-
là; mais il paraît qu'il est très bon.

—J'irai, j'irai, promis. Mais c'est déjà passé.

—Faites attention. On ne néglige pas des affaires
comme ça. Et puis, il y a la rue. Une rue pas faite pour
vous, ma pauvre Léone. Il faut avoir vingt ans pour la
monter. Quelle idée d'habiter un endroit pareil. Le maire
devrait nous faire un tapis roulant, comme à Paris. (Elle
n'était jamais allée à Paris et s'imaginait des trottoirs
roulants partout.)

—Une bonne idée ça, rétorqua Léone, on devrait
signer une pétition.

—Ça va mieux, vous avez retrouvé votre sens de
l'humour. J'étais venue vous rendre ce que je vous avais
emprunté. Je me sauve. J'ai tout laissé sur la table. J'ai
peur que le chat mange ma viande.

—Il faudra revenir me voir, *nous* voir, précisa Léone.»

Il fallait cacher le corps. Réfléchir ensuite à la situation. Elle souleva Émile par les épaules et le traîna dans la salle de bain. Il avait les yeux vitreux. Le sang s'était coagulé dans l'oreille en un gros bouchon rouge granuleux. Après avoir refermé la porte de la salle de bain, elle fit disparaître toute trace de sang. Ça sentait l'ammoniaque à plein nez. Elle lava même le rouleau à pâtisserie comme jamais elle ne l'avait fait. Exténuée, elle s'affala dans le fauteuil de télé, sirota le reste de cognac.

Que devait-elle faire? Appeler la police? Non. Personne ne croirait son histoire. Elle sentait qu'elle venait encore de s'enfoncer davantage. Pourquoi tentait-elle de maquiller ce qui n'était qu'un accident? Maintenant, tout prenait l'allure d'un crime. Elle s'en prit à Émile: «Quel con, lui aussi, l'Émile, de s'être levé de si mauvais poil! Pourquoi m'avoir bousculée?» Pendant trente-cinq ans de mariage, il n'avait jamais été violent. Il criait bien de temps en temps, mais jamais il n'avait porté la main sur elle.

Léone resta clouée toute la matinée dans son fauteuil. Son esprit travaillait à toute vitesse, analysant la situation, inventant de nouveaux scénarios. La justice. Les flics. Les photographes. Les journalistes. Les voisins... Elle eut la chair de poule. Elle entendit du bruit dans l'escalier. Quelle heure était-il? Une heure et demie. Lucien et madame Hébert viendraient jouer à la belote dans un peu plus d'une heure. Une solution s'imposait. Une solution rapide. Trouver le moyen de cacher le cadavre. Le mot la rendit malade. Elle eut envie de vomir. Elle n'osait retourner dans la salle de bain. Il le fallait pourtant. Une solution à longue échéance. Ne pas laisser pourrir le corps. Les odeurs. Ne pas le laisser pourrir... Couler du plastic tout autour, comme son neveu le faisait pour ses insectes. Blanche-Neige dans son cercueil de

46

verre. Oui, elle l'avait la solution. C'était ça. L'idée lui fit peur. Cependant, elle ne pouvait reculer. «Mon Dieu c'est impossible. As-tu d'autres idées?» s'entendit-elle dire tout haut.

Elle ouvrit le congélateur, un brouillard givré se forma au-dessus. Elle le vida entièrement, mit ses légumes congelés et sa viande dans des sacs à déchets.

Bon Dieu qu'Émile était lourd! Enfin, le corps tomba pesamment dans le fond. Le plastique des parois craqua. Non, rien de brisé, la structure de la coque avait résisté au choc. Le couvercle fermait mal, la tête d'Émile dépassait légèrement. Léone tassa le corps au fond, força le cou pour incliner la tête sur le côté. Émile aurait un vilain torticolis. Pourquoi avait-elle de telles idées? Un torticolis. Il était mort. Elle eut peur de devenir folle.

***

On frappa à la porte. Madame Hébert et Lucien entrèrent. Léone avait les cheveux défaits, le visage livide.

«Mais qu'est-ce qui vous arrive Léone?», dit madame Hébert en la prenant par le bras pour l'asseoir sur le divan. Lucien ne savait que dire et que faire de ses bras soudainement devenus trop longs. Il répéta machinalement:

«Mais qu'est-ce qui vous arrive?

— Émile est parti ce matin et il n'est pas revenu. Il était juste parti faire un petit tour.

— La belle affaire. Il aura rencontré un ami et sera resté prendre un coup avec lui. Je ne veux pas vous vexer, remarqua madame Hébert, mais vous savez bien qu'il aime prendre un petit coup de temps en temps. Il aura sûrement rencontré quelqu'un... Vous vous inquiétez pour rien.

—C'est ça, y picole dur l'Ém... Lucien ne put achever sa phrase, fusillé par le regard de madame Hébert.

—Depuis que nous étions à la retraite, il buvait moins, juste une petite bière de temps à autre, minimisa Léone.

—Que voulez-vous qu'il lui arrive? Il est parti à pied, il n'a pu avoir d'accident. La seule chose possible, c'est qu'il soit resté traîner quelque part. À quelle heure est-il parti? s'enquit la retraitée des postes.

—Vers neuf heures. Il tournait en rond. Je lui ai conseillé d'aller faire un tour en ville pour se changer les idées. Il n'est pas revenu. Je suis sûre qu'il lui est arrivé malheur. Il rentrait toujours pour dîner. Et puis j'ai fait des mauvais rêves cette nuit. Il y avait des accidents. Plein d'accidents. C'était un présage. Je n'aurais pas dû le laisser sortir. Il a eu un accident. Une voiture l'a fauché en traversant la rue.»

Léone voyait Émile sous une voiture, l'attroupement des curieux, l'arrivée des gendarmes dans une estafette bleue, l'irruption d'une ambulance avec ses brancardiers en blouse blanche.

«S'il avait été victime d'un accident, vous l'auriez su. On vous aurait prévenue. Il devait sûrement avoir des papiers sur lui, avança madame Hébert afin de rassurer Léone.»

Lucien marchait de long en large, évitant de faire du bruit. Que faire? Que dire? Prendre Léone par les épaules pour la consoler, la rassurer, c'était impossible. Pourtant il aurait voulu la réconforter. Il était persuadé qu'Émile était dans un bistrot de la ville avec des copains, qu'il jouait à la belote. Le salaud, il aurait pu prévenir au lieu de laisser poireauter ses amis. Et si vraiment il était arrivé quelque chose à Émile?... Il balaya cette idée saugrenue.

Léone s'effondra en larmes. Depuis le matin, elle

avait fait des efforts hors du commun. Madame Hébert la prit par les épaules, la berça comme une enfant. Soulagement de l'abandon total...

Lucien sortit, précisant qu'il irait faire le tour des bistrots pour tenter de retrouver Émile. Au moins quelques-uns – Dinan en comptait une infinité. Il imaginait Émile dans une conversation animée avec une vieille connaissance, ou alors... En descendant l'escalier, il mesura l'importance de la tâche qu'il venait de s'octroyer. Comment procéder? Entrer, s'installer au zinc, commander une consommation. Au bout de trois ou quatre, il ne serait plus en état de jouer au détective. Donc, boire du vitel-menthe jusqu'à l'écœurement. Ce qui était important, c'était de bien choisir son tabouret, une place centrale. En un coup d'œil circulaire, il pourrait repérer Émile. Déjà, il se faisait une certaine joie à l'idée de retrouver ce poivrot et de lui passer un savon. Au fait, pourquoi l'admonester? Ce n'était pas le premier mari qui passait sa journée au bistrot. Quand Émile était chef de gare, d'après ce que Lucien en savait, il avait transféré son quartier général au café de la Mère... La Mère comment? Lucien ne s'en souvenait plus. À cette époque, il eût été facile de retrouver le chef de gare...

Rue de l'Horloge, il entra dans le premier débit de boisson. À cette heure-là, les seuls consommateurs étaient des représentants de commerce perchés sur des tabourets face au comptoir, discutant ferme avec le patron. Au fond, des retraités solitaires ou des petits vieux de l'Hospice mâchouillaient leurs brûle-gueule devant des ballons de «gros-rouge-qui-tache», des adolescents boutonneux en rupture de cours s'acharnaient rageusement sur des *baby-foot* ou des billards électriques, d'autres, plus rares et arborant des airs intellectuels, touillaient distraitement de minuscules express refroidis, le journal *Le Monde* ostensiblement déplié devant eux.

Au début de son enquête, Lucien avait systématiquement visité tous les bistrots de la même rue, puis était passé à une autre, avait même presque changé de quartier. Prendre un verre d'eau additionnée de sirop de menthe s'était révélé un atout indéniable. Il avait de plus en plus souvent envie de pisser, ce qui lui donnait l'occasion de traverser la salle pour mieux repérer le mari fugueur. Trouvant cela opportun, il allait même plus souvent que nécessaire aux toilettes. Plus l'heure avançait, plus la besogne lui apparaissait démesurée. Il opta pour une tactique sélective, s'arrêtant un instant devant chaque café pour se demander si Émile aurait été tenté par telle façade ou par tel type d'établissement. Il s'en voulut de ne pas y avoir pensé plus tôt. Nombre de places où il était entré ne correspondaient pas aux types d'endroit que fréquentait Émile. Lucien avait tout visité, des bars minables et plus ou moins louches qui sentaient l'urine, où une serveuse malpropre reluquait des clients éventuels pour une partie de bête-à-deux-dos payante, sur une couette moisie, aux bars chics où les fauteuils étaient en cuir, les comptoirs cerclés de cuivre astiqués chaque matin. Il aurait dû éliminer ces deux extrêmes pour gagner du temps.

À présent, c'était l'heure de l'apéritif. Les tables étaient pleines de gens installés devant des pastis, des perroquets, des demis-pression, des demis-panaché. De chacune d'elles s'échappaient des nuages de fumée opaque d'où émergeaient, de temps à autre, des éclats de voix soutenus par le bourdonnement assourdissant des conversations animées. Lucien se promenait de table en table, évitant un serveur qui tenait un plateau à bout de bras. Il faisait semblant de chercher une place ou une connaissance.

Peut-être qu'Émile était rentré après tout? Il demanda la permission de téléphoner.

«C'est pour Dinan? demanda la serveuse derrière le comptoir.

— Oui.

— Heureusement, car pour ailleurs on ne téléphone pas. Les gens téléphonent n'importe où et c'est moi qui reste avec la note. Vous savez de nos jours...»

Elle sortit le combiné de sous le comptoir et composa le numéro que lui cria Lucien. Il se glissa entre deux mastodontes en bleu de travail dont les larges postérieurs débordaient des minuscules tabourets en retombant tout autour, ce qui donnait l'impression qu'ils étaient assis sur des pals. L'un et l'autre retournèrent leur regard aviné vers l'intrus. L'un d'eux, au faciès simiesque, parce qu'une barre de sourcils touffus lui traversait le front de part en part, laissa échapper une flatulence qui fit penser à une chambre à air se dégonflant. Lucien craignit qu'il ne se ratatinât comme un vieux pneu ou qu'il n'explosât, projetant sur les murs des lambeaux de chairs dégoulinants et flasques.

«Allô! Léone?... Parlez plus fort, je ne vous entends pas.

— Ce n'est pas Léone. C'est Germaine. Léone dort. Avez-vous retrouvé Émile?

— Non, je continue encore un peu. Je ne peux pas vous parler plus longtemps, il y a plein de monde ici et on n'entend rien, cria-t-il dans le téléphone.»

L'air de la rue lui fit du bien. «Germaine», c'était bien la première fois qu'il entendait le prénom de madame Hébert. Il pensa à Brel, «Mademoiselle Germaine j'vous ai apporté des bonbons». Était-ce pour ça que Germaine se faisait appeler madame Hébert? Il sourit.

Il continua sa tournée jusqu'à huit ou neuf heures...

Dans le dernier bistrot, il commanda un pastis, y versa une goutte d'eau, juste pour le faire changer de couleur. Il pouvait le prendre sec, il avait assez bu d'eau dans sa journée. Léon Zitrone présentait les informations sur TF1, les têtes se retournèrent vers le téléviseur accroché au mur. Les serveurs et le patron écoutaient et commentaient les nouvelles tout en tirant sur leurs Gauloises ou Gitanes papier maïs. Le coup de feu de la journée était passé, il ne restait plus que quelques attardés. Dans moins d'une heure, on empilerait les chaises, on tasserait les tables pour redonner un air de propreté au café. Pour l'instant, il ressemblait plus à un champ de bataille désert où les cadavres auraient été des mégots à terre, de la cendre, des papiers argentés ou dorés...

Avant de rentrer chez lui, Lucien passa par la rue du Jersual, monta chez les Le Hénaff. Madame Hébert apparut en robe de chambre.

«Je vais dormir ici, sur le divan, Léone n'est pas encore réveillée, on verra ce que l'on fera demain matin,» précisa-t-elle.

Lucien fit un compte rendu succinct de son enquête infructueuse et repartit chez lui, exténué et l'estomac gonflé.

Le lendemain matin, Léone et Germaine se levèrent tard, l'esprit embrumé, la bouche pâteuse, les gestes lents et imprécis: l'effet des somnifères. Germaine s'inquiéta du non-retour d'Émile et faillit même communiquer ce sentiment à Léone. Elle-même ne savait plus trop bien ce qui était arrivé à son mari. Dans la matinée, Lucien était venu s'enquérir des derniers développements, puis on s'était donné rendez-vous pour le début de l'après-midi, afin d'avertir la police. On signalerait donc officiellement la disparition d'Émile Le Hénaff, soixante-huit ans, employé de la SNCF, à la retraite depuis quelques années, demeurant au premier étage du 25 rue du Jersual, un mètre soixante-cinq, soixante-douze kilos, cheveux poivre et sel avec une légère tendance à la calvitie, yeux marron, traits particuliers: un début de couperose. C'est le signalement que Léone téléphona au poste de police, juste après le départ de ses deux amis.

Lorsque Germaine et Lucien pénétrèrent à nouveau chez les Le Hénaff, il y avait déjà un bon moment que Léone s'entretenait avec le gendarme. Un archétype de gendarme, la voix forte et assurée de la loi, gros, gras, bedonnant, jambes écartées. Il tenait un petit calepin où il reprenait mot par mot les informations données quelques heures plus tôt au téléphone par Léone. Il serrait aussi un minuscule crayon entre ses gros doigts velus et le mouillait du bout des lèvres, avec un bruit de succion semblable à celui émis par un siphon pour déboucher une cuvette de WC. Quand il se retourna vers les nouveaux arrivants, son visage, parcouru par une multitude de veinules bleues qui partaient des ailes du nez pour mourir loin sur les joues, irradiait. Son nez rouge ressemblait à un cactus nain déraciné dont les racines et les radicelles s'étalaient enchevêtrées. Il n'y manquait que des épines, pensa Germaine, pour que tout le visage, encadré de lunettes trop grandes, ressemblât à un terrarium exotique; encore que les poils sortant des narines pussent très bien piquer.

La semaine de la disparition d'Émile, à peu près toute la gendarmerie défila dans l'appartement des Le Hénaff. Chaque policier reprenait sans arrêt les mêmes questions, notait avec une application de bon élève les réponses identiques, élaborait après moult réflexions et grattages simiesques du cuir chevelu plus ou moins dégarni, les mêmes hypothèses vides d'imagination, aboutissait inéluctablement à une conclusion qui, bien entendu, était le point de départ de toute cette activité fébrile de la maréchaussée: Émile avait disparu...

Il y eut bien quelques entrefilets et un avis de recherche dans le quotidien régional. Télé-Bretagne consacra quelques secondes de son bulletin de nouvelles à la disparition mystérieuse du chef de gare. Puis le remous du quartier, qui n'altéra que peu la platitude dinanaise, disparut en laissant place à la morosité automnale qui s'enlisa peu à peu dans un hiver pluvieux et sale.

Léone, Lucien et Germaine reprirent leurs parties de cartes. À présent, on jouait à la Dame de pique ou à tout autre jeu compatible avec trois joueurs.

«Qu'on joue aux cartes ne le fera pas ressusciter», disait énigmatiquement Léone. C'était aussi l'avis des autres qui, en présence de Léone, n'admettaient pas la mort d'Émile. «Tant qu'on ne l'a pas retrouvé, il reste un espoir...»

Cependant, ils étaient convaincus du contraire. Pour eux, Émile s'était noyé accidentellement dans la Rance. Encore que rien n'expliquât pourquoi il s'était rendu sur les berges du fleuve, il n'était ni pêcheur ni poète. Léone finissait, elle aussi, par croire à la thèse de la noyade accidentelle. Il lui arrivait même, de temps en temps, d'imaginer qu'un officier de police viendrait un jour lui annoncer qu'on avait retrouvé son mari rejeté par la mer sur une plage du côté de Cancale ou de Saint-Malo. C'était impossible. Il aurait auparavant été déchiqueté par les pales des hélices de l'Usine Marée-motrice de la Rance. Aucun espoir de retrouver Émile. Par moments, ses soliloques l'inquiétaient. Elle craignait la folie. Mais, de toute évidence, si tant est qu'elle l'eût connu, le sentiment de culpabilité ne l'effleurait plus. La seule entorse qu'elle faisait subir à la réalité était un changement de scénario à un véritable accident auquel personne n'aurait cru.

Léone s'appliqua à vivre seule, à réapprendre toute une série de gestes quotidiens: ne plus préparer deux bols de café, ne plus mijoter des petits plats pour deux et être obligée d'en manger pendant deux jours, car elle avait le gaspillage en horreur. Cuire un rosbif ou un poulet pour elle seule n'était pas raisonnable. Ces petits détails occupaient une grande partie de son existence. Elle s'ouvrit même à Germaine de ses préoccupations domestiques. La vieille fille, qui n'avait jamais eu charge de famille, était une habituée des boîtes de conserves ou des plats tout préparés achetés chez le traiteur de la rue des Écoles. Germaine ne lui fut d'aucun secours. Cette situation n'était pas sans rappeler à Léone l'époque à laquelle on lui reprenait les enfants de l'Assistance publique. Couper en deux ou trois toutes les recettes demandait un certain temps d'adaptation.

Elle avait récemment lu dans un magazine féminin un article consacré aux personnes seules, dans lequel on conseillait aux veuves et aux divorcées ainsi qu'aux célibataires de vocation, de ne pas bouleverser leurs habitudes alimentaires, mais de changer leur façon de cuisiner. Les pages glacées de la revue s'ornaient de photographies de plats pour un seul convive, suivies d'une bonne dizaine de recettes. La chroniqueuse invitait aussi ses lectrices à congeler certains plats qui supportaient bien ce traitement. Cette dernière idée séduisit Léone.

Cela faisait près de deux mois qu'elle n'avait pas cuisiné de civet et le lapin n'était pas cher en hiver. «Une folie, du lapin pour moi toute seule», se dit-elle. «Inviter Lucien? Les gens du quartier vont parler. Une veuve de fraîche date invitant un veuf, ils vont croire qu'il y a anguille sous roche...»

Quant à la vieille fille, elle n'aimait pas le lapin. Pourtant l'idée d'un civet aguichait les papilles gustatives de Léone. Elle se remémora les conseils de l'article. Elle congèlerait son civet, même si l'article ne mentionnait pas que ce plat pouvait subir ce traitement.

Dès le lendemain, des dés de lard fumé rissolaient dans une cocotte de fonte verte. Léone fit revenir et dorer les cinq ou six morceaux de lapin, ajouta trois ou quatre oignons coupés en quatre, saupoudra de fines herbes, estragon, thym, romarin, déposa une feuille de laurier, sala et poivra copieusement. Ça sentait déjà bon. Elle couvrit le tout, réduisit la flamme de la cuisinière à gaz au minimum et commença l'épluchage de carottes qu'elle lava ensuite à grande eau. Quand elle fit tomber les carottes dans la cocotte, en mélangeant les ingrédients avec une spatule de bois, le bruit du grésillement de la friture emplit toute la pièce. Les carottes prirent une teinte rouge carmin, c'est à ce moment qu'elle versa une demi-bouteille de vin rouge pour couvrir en totalité les morceaux de lapin. Un nuage de vapeur de vin chaud envahit la cuisine, dégageant un parfum où se mêlaient les émanations onctueuses et sucrées des carottes et des oignons frits, les odeurs relevées des fines herbes. Léone saliva... Il ne restait plus que trois ou quatre heures à attendre avant de passer à table.

Elle déposa sur la table une nappe brodée dont elle effaça les plis d'un geste rapide et sec du plat de la main, sortit un verre de cristal, une assiette en grès, des couverts argentés. Il ne manquait qu'une rose sur la table. On était en hiver, les roses étaient chères et le fleuriste tenait boutique à l'autre bout de la ville... Elle ôta une plante verte du rebord de la fenêtre, la posa au milieu de la table, lustra les feuilles avec un kleenex humide. Satisfaite, elle se versa un verre de vin dans un duralex parfaitement banal et s'endormit devant le téléviseur, où un présentateur vedette exhumait de l'oubli un vieux chanteur ringard qui n'intéressait plus personne.

Quand elle s'éveilla, il faisait presque nuit, Steeve McQueen enfonçait une porte de bar, son fusil à canon scié à la main. La cocotte qu'elle apercevait par l'entrebâillement de la porte de la cuisine laissait échapper un minuscule filet de vapeur. Léone bondit, souleva le couvercle du récipient. Le civet cuisait doucement et n'avait pas collé au fond. Une odeur pleine de promesses inondait tout l'appartement.

Elle soupa face au téléviseur qu'elle avait déplacé, prit le temps de savourer, but légèrement trop de vin, ce qui lui occasionna une certaine hilarité. «Je suis pompette», claironna-t-elle. Elle regretta de n'avoir pas fait de dessert, chercha en vain du sucré dans tous ses placards, se consola avec un autre verre de vin.

Après ses libations, elle replaça le téléviseur, ne desservit pas la table, s'affala dans le fauteuil de télé. La lueur de l'écran bleuissait les murs du salon-salle à manger qui ne recevait pas la lumière de la lampe Tiffany suspendue au-dessus de la table. Léone se rendormit.

Dans la nuit, Léone se réveilla, mit un petit bout de temps à reprendre ses esprits, constata que la maison était dans un beau désordre. Faire la vaisselle à deux heures du matin ne la tentait guère, aussi empila-t-elle le tout dans l'évier. Cependant, il ne fallait pas laisser perdre ce civet. Elle en aurait pour deux ou trois repas. Elle sortit deux sacs à congélation, partagea le civet équitablement. Deux repas qu'elle n'aurait pas à préparer. L'idée de la congélation était vraiment excellente. Un beau samedi, elle cuisinerait toute la journée pour se donner en réserve une bonne série de plats préparés. Et, s'il arrivait quelqu'un à l'improviste, elle décongèlerait deux parts ou trois... Mais, il n'y avait vraiment personne pour lui rendre visite.

Elle scella soigneusement les sacs, leva la porte du congélateur. Les yeux grands ouverts, Émile la regardait fixement. Il était couvert de givre et sa barbe, qui semblait avoir poussé, retenait d'infinies particules de glace. Léone rabattit brusquement la porte, porta la main à la bouche, courut à la salle de bain et vomit dans la cuvette des WC. La tête lui tournait. La sueur lui dégoulinait sur le visage, elle frissonnait aussi. Elle s'essuya dix fois le coin des lèvres où, après chaque vomissement, coulait un mince filet de glaire. Elle réussit avec peine à regagner son lit. Elle était transie de froid. Sa position fœtale ne lui procurait pas assez de chaleur. Elle claquait des dents. Le moindre contact avec ses draps froids redoublait l'intensité de ses convulsions. Combien de temps resta-t-elle ainsi? Elle n'en eut aucune idée. Quand elle s'éveilla, il faisait jour, le réveille-matin indiquait une heure trente. Elle le prit pour vérifier s'il fonctionnait encore. Chaque mouvement lui pesait, lui demandait un effort surhumain, comme quand elle avait été atteinte de la grippe, voilà quelques années. On eût dit qu'elle était clouée sur son lit. Avec hésitation, elle chercha à voir si son lit était encore froid, ce qui lui permit de changer de position. Les événements de la soirée lui revenaient, entourés d'une sorte de brouillard. Leur succession était incohérente comme un puzzle qu'on n'arrive pas à reconstituer. Tout se mêlait. À demi-consciente, elle reprit sa position en chien de fusil. S'enfoncer dans le néant. Besoin de retourner dans le ventre de sa mère. Ne pas naître, ne pas naître... Ne rien entendre, ou alors seulement des sons assourdis. Ne rien voir, ou alors seulement une lueur rosée. Rester là dans son eau chaude. Sécurité. Dormir, dormir, ne plus jamais se réveiller. À son deuxième éveil, le jour avait baissé considérablement. Elle craignit la nuit qu'elle passerait éveillée. La réalité l'avait brusquement assaillie.

Léone passa plusieurs jours avant de retrouver un certain équilibre. Le congélateur la hantait. Elle faisait des cauchemars, criait la nuit. Son entourage s'inquiétait de sa mine défaite, de son peu d'énergie, de son refus de reprendre les parties de cartes. Finalement, la crainte d'être découverte la fit reprendre une vie normale et tout le monde parla de la mauvaise grippe de Léone. Elle promit même de se faire vacciner contre cette maladie l'automne suivant.

Le corps d'Émile était toujours là. Léone savait bien une fois de plus qu'il fallait qu'elle réagisse. C'était d'ailleurs toujours elle qui avait su prendre les décisions dans le couple. Elle avait appris, au cours des années, à ne jamais trop compter sur Émile qui se laissait plus facilement ballotter par les événements. Même mort, Émile restait un problème... Il fallait faire disparaître le corps. Comment procéder? Il était nécessaire qu'elle s'habitue à la vue de celui-ci pour, le moment venu, ne pas être victime de son émotivité. Soulever de nouveau la porte du congélateur lui demanda toute son énergie et son sang-froid. Cette visite à son époux «congelé» fut de courte durée. Peu à peu, elle s'enhardit, laissant le couvercle levé de plus en plus longtemps. Elle finit par ne plus être impressionnée par le cadavre qui se couvrait de plus en plus de givre. Non seulement la vue d'Émile raidi de froid ne lui faisait plus peur mais, à la limite, la réconfortait. Elle lui confiait ses problèmes, ses aléas de santé, son insuffisance cardiaque. «Madame Le Hénaff, avait dit le médecin, votre cas n'est pas dramatique, mais votre cœur se fait vieux. Ménagez-le. Il n'est plus question de faire de grands efforts pour le ménage, de lever les bras pendant des heures pour laver vos vitres. Il faudra demander à quelqu'un de vous aider aux grosses beso-gnes...» Émile était on ne peut plus réceptif aux confiden-ces de sa femme; il ne l'avait jamais beaucoup été auparavant, pendant leur mariage. Léone comprit vite que ses monologues avec le mort allaient lui jouer un mauvais tour. Maintenant qu'elle n'avait plus peur, il ne fallait surtout pas qu'elle le transforme en confident. Elle ne pourrait jamais plus se débarrasser du corps. Garder la tête froide. Éviter la folie. C'était une obsession. Elle avait déjà eu peur de perdre la raison lorsqu'elle s'était mise à croire à ses mensonges, et à espérer que la police retrouverait le corps d'Émile dans la Rance.

Beaucoup plus lucide par instants, elle essayait d'analyser la situation. Crime ou accident? Accident ni plus ni moins. Évidemment, elle n'avait jamais eu l'in-tention de tuer. Alors pourquoi avoir réagi comme une criminelle? Pourquoi avoir sciemment – sciemment? – maquillé cet accident en crime? Pour elle, cette question restait sans réponse, ou plus exactement on y trouvait pléthore de réponses... La peur? Oui. Sûrement. La certitude de ne pas être crue? Et pourquoi avoir reposé le combiné téléphonique, après avoir composé le numéro de police-secours? Oui, c'était à cet instant précis que tout s'était joué, qu'elle avait été happée par un engrenage qui la dépassait.

Et si c'était un cauchemar? Si elle venait tout juste de s'éveiller? Émile était parti faire son tour de marché comme tous les jeudis. Il allait revenir avec un crabe dans son panier à provisions, ou des moules... Une bonne idée, des moules. Des moules marinières à midi, avec du muscadet...

Léone ouvrit la fenêtre pour avaler une bouffée d'air frais. «Il faut me limiter à la réalité», se dit-elle tout haut. «La réalité.» Elle se regarda dans la glace de son armoire de chambre: «Léone, tu dois te limiter à la réalité», ordonna-t-elle à son image. «Tu dois élaborer un plan, ne plus regarder le corps pour ne pas en être prisonnière. Ensuite le faire disparaître.»

Léone passa le reste de l'après-midi à écrire, à griffonner des feuilles, à analyser différentes solutions. Chaque fois qu'elle avait un haut-le-cœur devant les solutions imaginées, elle s'interpellait: «As-tu une meilleure solution?» Chaque réponse négative la faisait adopter l'évidence. Une fois sa stratégie mise au point, elle relut ses feuillets, les grava dans sa mémoire et déchira scrupuleusement tout son travail, brûlant plusieurs petits bouts de papiers dans un cendrier pour que le texte ne pût être reconstitué. Sa décision était prise. Dès cette semaine, elle irait à Rennes; Dinan, c'était trop dangereux.

Quand elle rentra de Rennes, elle était épuisée. Le chauffeur d'autobus, au lieu de prendre la route directe, avait desservi tous les petits villages. Des villages qui se ressemblaient tous, gris sous la pluie hivernale. Elle avait à peine disposé de trois heures pour effectuer son achat. Elle eut envie de dormir, de se reposer, mais cela ne correspondait pas à son plan qui stipulait qu'elle devait passer immédiatement à l'action. Elle lut consciencieusement le manuel d'instructions, qui était dans la boîte. La traduction française du texte original anglais était épouvantable. Il ne fallait surtout pas commettre d'erreurs risquant de détériorer l'appareil, car elle n'aurait pu le faire réparer sans éveiller des soupçons. Elle sortit le lubrifiant, remplit soigneusement le carter d'huile, essuya le trop-plein avec un kleenex, chercha un prise électrique à trois branches, ce qui l'obligea à débrancher le congélateur. Elle mit en marche enfin la tronçonneuse. L'intensité du bruit la fit sursauter. Impossible de l'utiliser sans éveiller la curiosité des voisins. Elle alluma la radio, poussa le volume, démarra de nouveau la machine. Le bruit pouvait se confondre avec celui d'un aspirateur, un aspirateur bruyant, mais c'était plausible.

Elle ouvrit le congélateur. «Excuse-moi mon vieil Émile, mais dans l'état où tu es, ça ne va pas te faire bien mal», dit-elle pour se rassurer. Elle appuya sur la gâchette de la scie électrique et commença à découper le tibia droit de son mari. Horrifiée, elle s'arrêta. Elle avait entaillé la paroi du congélateur. Elle rebrancha pour vérifier s'il fonctionnait encore, fut soulagée et alla chercher sa planche à découper en olivier massif qu'elle plaça comme protecteur entre la jambe et le rebord plastifié du congélateur. Le découpage des deux tibias ne lui prit que quelques minutes. Émile bougea. Raccourci, il glissa tout d'un bloc vers le fond.

Elle avait bien pensé le découper en tranches immédiatement, mais elle devait attendre un moment où les voisins seraient absents. Ce soir, elle avait commis une imprudence! C'était pour se donner du courage et ne pas risquer de remiser la tronçonneuse dans un coin sans jamais oser l'utiliser. Le premier pas était fait. Elle était même étonnée de la relative facilité avec laquelle elle s'était acquittée de cette tâche.

Le lendemain, elle se leva assez tôt, se souvenant d'un rêve bizarre, au cours duquel elle tronçonnait du bois pour l'hiver. Elle prit son cabas, y introduisit un paquet et sortit. La rue du Jersual était pratiquement déserte. Un brouillard givrant lui fouetta le visage. Plus elle descendait vers le port, plus le brouillard devenait dense. On devinait le tracé du fleuve à un épais nuage longiforme qui stagnait au-dessus. Plusieurs fois, elle glissa sur le pavé luisant. Non, elle ne pouvait pas balancer son paquet à partir du quai, elle risquait d'être vue. Quelques rares voitures aux phares jaunes, de temps à autre, perçaient difficilement l'épaisse brume. Elle longea le chemin de halage pendant près de deux kilomètres avant de se trouver en rase campagne. Quelques vaches aux nasaux fumants, qui avaient passé la nuit dans les prés, reprenaient vie et broutaient une herbe craquante de givre. Elles furent les seules témoins du geste de Léone. Le sac, avant de disparaître, flotta quelques courts instants. La prochaine fois, elle ajouterait un caillou pour alourdir le paquet. Mieux valait être prudente.

De retour à la maison, elle était tout essoufflée. Son cœur était l'objet d'intenses palpitations. La rue du Jersual était vraiment trop pentue. Il faudrait pourtant qu'elle fasse ainsi tous ces voyages, pas question de prendre un taxi pour le retour, trop dangereux. Dans l'après-midi, lorsque les enfants étaient à l'école, que les époux travaillaient et que les ménagères faisaient leurs courses, seul un voisin éventuel aurait pu entendre la radio de Léone accompagnée du vrombissement d'un appareil électrique et l'identifier au bruit d'un aspirateur peut-être? Léone en profita pour colmater avec plusieurs couches de papier collant l'entaille faite dans la paroi interne du congélateur. On y apercevait le filage de l'appareil dont la gaine avait été légèrement endommagée.

De jour en jour, d'airs de rock en airs de musique pop ou en mélopées de jazz, de voyage matinal en voyage matinal, sous les regards vides de bovins hébétés, Émile raccourcissait.

***

Germaine Hébert avait mal dormi, s'était levée très tôt, avait tourné en rond dans son appartement. Elle déjeuna légèrement, face à la fenêtre. La journée serait belle. Un voile de brume entourait un croissant de soleil naissant au-dessus des toits qui se teintaient d'un bleu-noir luisant veiné de reflets dorés. Germaine eut envie d'assister au lever de soleil. «À Saint-Malo», pensa-t-elle. Un lever de soleil au bord de la mer la tentait. Le coût d'un taxi jusqu'à Saint-Malo la fit changer d'idée. Elle rêva d'une retraite dorée: une *Mercedes* blanche, un chauffeur, un grand setter irlandais pour l'accompagner lors de la balade sur la grève, et la *Mercedes* glissant à la même allure, en silence, sur la route longeant la jetée. L'idée d'un photographe à l'affût l'irrita, mais celle d'avoir sa photographie dans *Jours de France* flatta gentiment son ego.

«La comtesse Germaine De La Georgeandière, surprise par David Hamilton, à Saint-Malo.» Le cliché représente la comtesse de profil, son visage est à demi caché par un immense chapeau en feutre de couleur sable. On devine à peine ses yeux bleus dont le regard fixe rêveusement l'horizon. Le vent relève un coin de son manteau de suède, découvrant des bottes montantes en cuir noir. Pacha, le setter irlandais, est tous poils dehors dans un saut de joie autour de sa maîtresse. On croirait même entendre le ressac du moutonnement blanc-cotonneux des vagues déferlantes.

Germaine chaussa ses vieilles bottes de caoutchouc, enfila son ciré et sortit. Elle irait voir le lever de soleil à partir du Jardin anglais. De bon matin, Dinan avait une tout autre allure. Les magasins étaient fermés, les poubelles encombraient les trottoirs; un chat de gouttière efflanqué surgit de l'une d'elles, faisant tomber le couvercle. Germaine fut étonnée de l'ampleur du bruit dont l'écho se répercuta, pour mourir à plusieurs rues de là. Un jeune livreur de journaux déchira le silence sur sa mobylette. Au deuxième étage, dans la rue de l'Horloge, une grosse dame emmitouflée dans une robe de chambre matelassée ouvrit ses volets qui émirent une plainte sinistre. Sur la place Saint-Sauveur, les pare-brise des voitures étaient couverts de rosée. Germaine dessina avec son doigt un canard sur l'un d'eux, comme elle avait appris à le faire à l'école: un S à l'envers, un crochet pour le bec, un accent circonflexe pour la queue, une ligne courbe pour souligner l'aile... L'eau coula, zébrant son œuvre d'art jusqu'à la rendre méconnaissable. Plus loin, elle dessina une fleur. Elle longea l'église du XIVe. Le passage étroit, sombre et humide entre celle-ci et les murs de l'hospice, la fit frissonner. Elle déboucha dans la clarté du Jardin anglais. Le soleil inondait déjà les remparts. «Une des dernières journées d'hiver qui ressemble déjà à celles du printemps», songea-t-elle. En bas, le viaduc enjambant la Rance commençait à être encombré par la circulation routière. Tout au-dessous, le port de Dinan était encore endormi dans la brume. Si elle se dépêchait, elle pourrait peut-être assister au lever du soleil sur le port, elle avait loupé de quelque dix minutes celui du Jardin anglais. Plus elle descendait par des petits chemins en lacets, serpentant entre des haies de troènes taillées, plus les ombres s'allongeaient. Pour une retraitée, elle se trouva en forme, dévalant allègrement la première pente des remparts au viaduc et la deuxième du viaduc au port. Le pont était à quarante mètres au-dessus de la Rance – ça, elle le savait. Et les remparts? À quarante mètres au-dessus du pont? Possible... Quatre-vingts ou cent mètres de dénivellation... Il faudrait qu'elle se renseigne. Le port était brumeux, une lumière rasante derrière la vallée illuminait le ciel et la haute-ville. Quelques ouvriers sortaient machinalement de chez eux pour aller travailler. Quelqu'un marchait le long du quai. Germaine ajusta ses lunettes, crut reconnaître Léone. Que ferait-elle de si bon matin sur le port? Ça ne pouvait être elle, mais une femme à la même silhouette qui s'en allait faire des ménages.

Germaine restait intriguée. Et si c'était Léone?

Léone avait bien passé une période difficile voilà quelques semaines. Son entourage, ainsi qu'elle-même, avaient bien prétexté une mauvaise grippe, mais Germaine Hébert pensait que le choc dû à la disparition d'Émile pouvait avoir eu quelque incidence sur l'état de santé de son amie; d'ailleurs, elle en avait parlé à Lucien qui, lui aussi, corroborait cet avis. Léone semblait avoir supporté les événements, dans un premier temps. Des réactions à retardement étaient toujours possibles... Après tout, victime d'une idée fixe, Léone pouvait bien souvent arpenter le quai, à la recherche du corps de son époux. Personne n'avait pensé surveiller ses allées et venues. Il ne fallait surtout pas qu'elle fasse une dépression nerveuse. Germaine imagina le pire. Un suicide. Elle accéléra son pas déjà soutenu pour aller à gauche vers la rue du Jersual. Elle reconnut, sans conteste, Léone qui remontait lourdement la rue, s'arrêtant de temps en temps pour reprendre son souffle. Germaine réprima violemment son envie d'appeler son amie. Léone ne devait pas se savoir épiée. Cette découverte gâcha sa balade matinale et lui fit louper une deuxième fois le lever du soleil. Elle promena sa morosité sur le pavé gras du quai, ruminant différentes idées. Des quolibets de collégiens allant à l'école la firent sortir de sa méditation. De leurs propos grossiers et confus, il ressortait vaguement qu'elle faisait le trottoir. «Bande de petits cons!», grommela-t-elle entre ses dents. L'un d'entre eux massacra Ronsard:

> *Mignonne, allons voir si la rose*
> *Qui, ce matin avoit désclose*
> *Sa robe de pourpre au soleil,*
> *A point perdu ceste vesprée*
> *Les plis de sa robe pourprée,*
> *Et son teint au vostre pareil.*

Pas de café pour Émile

«Petit con, et pédant par-dessus le marché...» Elle le fixa, droit dans les yeux. Le collégien était un grand "flanc-mou" maigrelet au visage ponctué d'acné et encadré de cheveux bruns, longs et huileux.

«C'est pas pour vous que je dis ça. Je récite ma récitation avant d'aller à l'école», s'excusa-t-il, accompagné des éclats de rire de ses acolytes.

Germaine s'étonna de sa hardiesse. C'était la première fois que la discrète postière affrontait ainsi un regard. Délivrée de sa timidité, elle pénétra dans un café. La porte n'était pas refermée qu'elle regrettait son geste. Elle allait rebrousser chemin quand le patron apparut, jovial, un seau dans une main, une serpillière dans l'autre.

«C'est ouvert, madame. Vous pouvez entrer même si je n'ai pas totalement terminé le ménage.»

Elle commanda un café, qu'elle but brûlant pour repartir le plus rapidement possible. Dans la rue, elle était fière d'elle. Elle avait soutenu un regard bien droit, elle était entrée seule dans un bar, pour la première fois de sa vie. «La timidité, ça se soigne», pensa-t-elle.

Est-ce à la retraite qu'elle allait faire un effort pour sortir des coulisses de la vie? Non. Elle n'allait pas se mettre à rêver d'une autre vie, de recommencer à zéro. À la retraite, on ne rêve pas. Elle avait passé sa vie à espérer l'impossible, les honneurs, le prince charmant etc.; tout cela pour vivre finalement dans l'oubli. Triste, elle ressassait qu'elle avait vécu dans l'indifférence générale, et qu'elle mourrait probablement ainsi. La mort. La mort, elle y pensait de plus en plus souvent comme à l'issue de la dernière étape de sa vie de retraitée. Vraiment, sa promenade matinale n'avait pas été un succès. Elle hésita devant la porte de l'appartement qu'occupait Léone. Ce n'était pas sûr qu'elle arriverait à dissimuler son inquiétude, mieux valait passer son chemin.

Le lendemain matin, il pleuvait, un crachin d'hiver froid et pénétrant. Tout Dinan ressemblait à un sauna froid et crépusculaire. Germaine sortit vêtue de deux ou trois tricots de laine, protégée par son ciré, et malgré tout elle gelait. Il fallait qu'elle sache si Léone irait rôder autour du fleuve. Le granit des façades suintait une eau grise. Le pavé était gluant. Les vitrines des magasins étaient constellées de fines gouttelettes à l'intérieur et à l'extérieur. Lorsque la charge d'humidité était trop grande, de minces traînées de pluie zigzaguaient sur les vitres, laissant entrevoir les rares clients emmitouflés, ou des vendeurs transis de froid. La longue attente de Germaine et ses va-et-vient de la rue des Écoles à la rue des Roueries croisant la rue du Jersual furent vains. Léone ne sortit pas.

La fin de semaine qui suivit, le temps ne s'améliora pas. Dinan s'était transformée en éponge à vaisselle gorgée d'eau jusqu'à saturation. Germaine resta chez elle, soignant son rhume avec des tisanes et de l'aspirine. La ville s'était mise en hibernation, seuls quelques travailleurs de service partaient le matin dans la grisaille, pour rentrer le soir dans la même grisaille. On ne sortait que pour l'indispensable, un article d'épicerie de première importance, la messe pour les saints et les dévotes, et le pipi du chien. La cité était devenue presque inutile. Les feux de circulation clignotaient en vain et leurs reflets délavés se réfléchissaient pauvrement sur des vitrines aveugles dont les treillis métalliques de protection avaient été tirés. La bruine persistante avait fini par étouffer toute vie.

Ce n'est que le lundi que la vie reprit, il fallait bien travailler, mais aussi le soleil avait remplacé l'enfer gris des jours précédents. Ça sentait le printemps. La semaine s'annonçait belle. L'anticyclone des Açores se prolongeait jusque sur l'Angleterre et les Pays-Bas, c'est ce qu'annonçait le journaliste aux nouvelles en même temps que l'éclatante victoire de l'équipe de foot de «l'En-avant-Guingamp», la veille, devant une assistance réduite. Tout bouillonnait d'activité. De ville déserte, apocalyptique, post-diluvienne, Dinan s'était transformée en ruche bourdonnante, avide de vivre, brouillonne, bruyante, éclatante, étincelante de tous ses feux. Les commerçants astiquaient les vitrines, balayaient les trottoirs pour les envahir de leurs étals. Des clients, résolument décidés à conjurer le mauvais sort de l'hiver, provoquaient le printemps en sirotant des expressos brûlants aux terrasses des cafés. La vie ne reprenait pas, elle explosait de toutes parts. Les landaus, poussés par des mères fières de leur progéniture qu'elles exhumaient de l'hiver, créaient des embouteillages sur les trottoirs. Sur la promenade des Grands-Fossés, dominée par les remparts et le donjon de la Duchesse Anne, des vieux reprenaient leurs parties de pétanque, sous les regards distraits de tricoteuses prudemment emmitouflées, assises sur des bancs de granit.

Léone descendait tous les jours au port, son panier en osier sous le bras. Germaine la suivait de loin, assistant à un rite étrange. En pleine campagne, Léone posait son cabas par terre, en sortait un sac à ordures en plastique noir, tournait en rond quelques instants à la recherche d'un caillou d'assez forte dimension qu'elle introduisait dans le sac. Elle refermait soigneusement le tout, en le pressant méticuleusement pour en éliminer toute poche d'air. Ensuite elle s'approchait du fleuve, assurait l'assise de son pied sur le rebord, prenait son élan comme un lanceur de poids, en faisant pivoter le bassin dans un mouvement grotesque, étant donné son embonpoint et sa gaucherie. Puis de toutes ses forces, elle balançait le paquet qui retombait lamentablement dans le cours d'eau à quelques centimètres du bord.

Germaine tenta de trouver des explications aux comportements plutôt énigmatiques de Léone. Tous ces événements tournoyaient, obsédants, dans l'esprit de la postière: la disparition d'Émile, les recherches vaines, les voyages au port, les sacs en plastique noir, les cailloux... Il fallait reprendre les éléments un à un, accepter que tout cela pût être lié à la mort d'Émile. C'était ça le point de départ. Oui, tout découlait de la disparition du chef de gare. Encore que... L'activité matinale de Léone était liée à la disparition de son mari. Mais les sacs en plastique?... Germaine écarta cette idée pour réfléchir avec méthode. Pourquoi Léone allait-elle au port, puis sur les bords de la Rance en pleine campagne? Si Émile était tombé du quai du port en plein jour, il y aurait certainement eu des témoins. L'accident avait dû se produire assez loin de la zone habitée. Par ailleurs, que la veuve aille sur les lieux de la disparition de son époux, cela pouvait s'expliquer. Dans les cimetières, on voit de nombreux veufs et veuves, mères et filles, venir se recueillir sur les tombes de leurs proches. Léone n'avait pas de cénotaphe à honorer de sa peine, elle avait élu le bord de la Rance. Jusqu'à présent, il y avait une certaine cohérence dans le raisonnement. Émile noyé, le courant l'avait emporté. Que pouvaient bien contenir les sacs? Pourquoi y introduire des cailloux? Pourquoi? Pourquoi?... Léone était folle. Ce postulat fit mal à Germaine. Elle échafauda un scénario. Léone envoyait régulièrement des fleurs à son défunt au fond de la Rance. C'est pour cela qu'elle introduisait des cailloux dans ses sacs, pour éviter qu'ils ne flottent. Mais alors, pouvait-on dire que toutes les personnes qui fleurissent les cimetières à longueur d'année sont folles?

Germaine dormit mal, de nombreux cauchemars hantaient son sommeil. Il fallait qu'elle intervienne, qu'elle aille voir Léone, qu'elle lui parle, qu'elle la réconforte. La tâche lui paraissait délicate.

Pas de café pour Émile

Tôt le matin, elle frappa à la porte de Léone. Un coup. Pas de réponse. Deux coups, quelques secondes plus tard. Toujours rien. Elle tambourina de plus en plus fort. Silence. Elle héla, s'époumonant en vain. Son inquiétude croissait. Elle revint vers midi, plus sereine. Pas plus de succès. Mais après tout, Léone avait pu sortir. Elle s'en voulut de son comportement. Elle aurait pu alerter inutilement le voisinage. La situation commandait de la délicatesse, il ne fallait pas céder à la panique. De retour en début de soirée, elle échoua devant une porte désespérément close. L'appartement semblait silencieux et noir. C'est ce qu'elle constata, en appliquant alternativement son œil et son oreille au trou de la serrure. Pendant toute la soirée, elle téléphona, se trompa une ou deux fois pour entendre des voix revêches, fit vérifier par la téléphoniste de service si l'appareil de son correspondant avait l'air de fonctionner. «La personne est sûrement absente. Cependant, vérifiez demain matin», répondit la voix neutre, légèrement nasillarde et impersonnelle de l'employée des P et T.

Elle mentit à la police, vers une heure du matin, affirmant qu'elle essayait de rejoindre son amie depuis deux jours. Le policier de faction de nuit, les pieds sur le bureau, le combiné du téléphone calé entre l'oreille et l'épaule, refusait obstinément de bouger, mais consentit à noter dans un petit carnet l'adresse et le numéro de téléphone de madame Le Hénaff.

«Comment dites-vous? Le Hénaff? C'est pas là qu'il y a eu une disparition il y a...

—Justement», coupa Germaine.

Elle débita ensuite toute son histoire, les allers-retours au bord de la Rance, les cailloux, les sacs en plastique. Le policier l'interrompit, pensant avoir affaire à une demeurée, mais étant donné qu'il y avait déjà eu une affaire Le Hénaff non élucidée, il promit de se déplacer.

Quand Germaine sortit pour se rendre au rendez-vous fixé par le policier, il était près de deux heures du matin. Le ciel était presque transparent. Une clarté lunaire baignait toute la ville, les ombres des vieilles maisons aux façades de granit dessinaient des lavis gris de différentes intensités sur le pavage de la rue. La flèche de la Tour de l'Horloge se profilait en contre-lune, inquiétante. Deux coups de cloche gigantesques, dont l'écho se répercuta à l'infini, marquèrent deux heures et la fin de l'éclairage municipal. Germaine sursauta, frissonna. Les maigres taches jaunâtres des rares lampadaires hexagonaux suspendus moururent, ne laissant place qu'à d'infinies nuances de noir et de gris. Germaine sentait son cœur battre la chamade. Elle accéléra le pas, et s'arrêta net. Se retourna. Personne. Elle frappa trois fois du pied à terre. Nerveuse, elle embrassa la rue d'un regard circulaire. La rue était déserte. Elle toussa et reconnut l'écho de sa toux. Comme celui de ses pas? Cela la rasséréna quelque peu. La rue de la Mitrie était plus étroite et plus sombre, les porches étaient pareils à de grandes bouches noires, ouvertes sur un destin inconnu et peu rassurant. La rue du Jersual était réellement inquiétante. Sinistre. Les encorbellements des étages des maisons, des deux côtés, laissaient très peu d'espace pour le passage de la lumière froide de la lune qui s'étirait en une longue bande médiane et étroite, plongeant chaque rez-de-chaussée dans un noir presque absolu. Germaine se précipita vers la porte d'entrée qui menait à l'appartement de Léone, se chamailla avec la poignée récalcitrante. Une grosse main velue ôta la sienne pour emprisonner puissamment la poignée. Germaine se jeta en arrière. Elle buta dans une masse humaine énorme au souffle chaud qui sentait le tabac et le vin. Elle cria d'effroi.

«Faut pas crier comme ça ma p'tite dame. Vous allez réveiller tout le quartier», lui dit le policier. Il regretta de s'être déplacé sur l'invitation pressante d'une personne aussi peu sereine et qui devait fabuler. Sur le palier de l'appartement, ils frappèrent à la porte, appelèrent en vain. Le policier fit signe à son adjoint qui attendait dans la rue.

«Viens, j'ai besoin d'un témoin si je force la serrure», expliqua le premier gendarme.

La serrure céda immédiatement. Une brise froide enveloppa les trois arrivants. L'appartement était noir. L'un des policiers tâtonna pour actionner un commutateur électrique. Le froid venait de la cuisine. Les trois visiteurs y pénétrèrent. Léone apparut de dos, penchée en avant, immobile, une main agrippée à la poignée nickelée du couvercle du congélateur qu'elle tenait ouvert. Germaine se précipita vers elle. Un policier la retint.

«Ne touchez pas à ça, lui dit-il. Trouve-moi le disjoncteur et ferme», ordonna-t-il à l'autre.

Quelques instants plus tard, l'appartement se trouva de nouveau dans les ténèbres. Le premier policier alluma son briquet, débrancha le congélateur et dégagea le corps de sa fâcheuse position pour l'allonger sur le dallage de la cuisine.

«Tu peux renvoyer le jus.»

Léone gisait à terre, le visage figé dans une mauvaise grimace. Germaine s'enfouit la tête dans les mains, alla pleurer dans le salon.

«Il n'y a plus rien à faire, ça fait longtemps qu'elle est là, elle a dû mourir électrocutée sur le coup», constata le premier policier. Le deuxième, lui, examinait le congélateur, arracha trois ou quatre couches de papier collant pour apercevoir des fils dénudés qui touchaient la paroi. «Viens voir, chef. A-t-on idée de réparer un appareil électrique comme ça?»

Le chef se pencha, hocha la tête:

«Appelle le médecin légiste pour qu'il vienne constater le décès. Mais auparavant, mets-moi ça à la poubelle
avant que ça dégèle, à moins que ta femme ait envie de
préparer un gigot d'agneau», dit-il en tendant à son
subalterne un morceau de viande congelé enveloppé
dans un grand sac en plastique noir...

LE BICOT DU LUXEMBOURG

'ai cinq ans. Je les aurai à la fin de l'été. Et, si vous ne me croyez pas, tant pis pour vous. C'est assez frustrant de voir que les grandes personnes, qui passent leur temps à mentir, ne croient jamais ce que racontent les enfants. Il faut dire qu'on a toujours cru à cette histoire sauf une fois, la dernière.

Bon, il ne faut pas que je raconte tout, d'un seul coup. Quand on me lit des histoires, le prince n'arrive jamais à épouser la princesse la première fois et il faut attendre et attendre encore.

Je suis en vacances depuis presque un mois. Avant j'étais à l'école, à la maternelle, comme ils disent. Je n'aime pas l'école, sauf quand on joue à la récré ou alors quand on fait du dessin. Je dessine bien, à ce qu'on dit. Pour moi, ce sont des traits de toutes les couleurs et dans tous les sens. «Les musées en sont remplis», dit mon père. Peut-être que mes dessins seront dans un musée. Mais, quand je dessine, il y a toujours la maîtresse qui vient me voir et, comme elle est noire, j'ai toujours l'impression qu'elle va laisser les marques de ses doigts sur ma page blanche. Ça n'est jamais arrivé.

Je n'aime pas l'école, je n'aime pas les vacances non plus. Tous mes copains sont partis et je m'ennuie. Leurs parents partent si longtemps en vacances. Mon père à moi n'a qu'un mois de congé, en août. C'est un aoûtien. On va tous les ans au même endroit, chez mammie et pappi, en Bretagne. Au début, j'aimais ça courir après les vaches, soigner les poules en compagnie de mémé qui me demandait de leur lancer du grain avec ma petite menotte.

C'est pas vrai, je n'ai pas de petite menotte. David, lui, le sait que j'ai un gros poing de boxeur. Je lui ai fait un œil au beurre noir. Il avait volé mon dessin et se promenait dans la classe en le tenant à bout de bras. La maîtresse, toute noire, m'a mis au coin pendant, pendant... trop longtemps.

La campagne, c'est toujours la même chose, des poules et puis des vaches et encore des poules et puis des vaches. Il y a bien le tracteur de pappi, mais je n'ai pas le droit d'y monter seul. C'est toujours pépé qui me prend sur ses genoux, pour faire un petit tour dans la cour. Moi, je voudrais cultiver, tout seul, un grand champ.

Ce qui change, c'est la voiture que loue papa. C'est jamais la même. Tout le monde est étonné. Il a toujours une voiture neuve. Il dit qu'il aime ça changer de voiture.

Et c'est là qu'on commence à ouvrir le capot. À parler de soupapes, de trucs et de machins. À faire basculer les sièges. Toutes sortes de choses que je ne peux pas faire car la voiture n'est pas à nous, dit papa. Moi, je suis sûr que tout le monde pense que les voitures de papa sont à nous. Je ne dis rien. Je suis trop petit pour m'intéresser aux voitures. Bon, tout ça ce sera pour le mois prochain.

Tout le mois de juillet, on le passe à Paris. En plus, cette année, c'est triste, il pleut. On ne peut pas aller au parc non plus à cause de la pluie. Quand il fait beau, ma mère s'assied toujours sur un banc public, déplie son tricot ou une revue et me dit: «Joue, joue donc mon petit Paul.»

«Joue, joue donc, p'tit Paul.» Eh oui! j'ai fini par jouer. J'ai même inventé un jeu. C'est pour ça que j'aime aller au jardin du Luxembourg. Mais il pleut, on ne peut pas y aller tous les jours. Puis mon jeu ne marche plus, il faut que j'en trouve un autre. Encore plus amusant.

Il y a deux ou trois semaines, ma mère tricotait. Moi, je jouais à jouer à faire semblant de jouer. Je faisais de beaux châteaux de sable ou de poussière avec mon petit seau en plastique rouge et bleu. Une fois le seau bien rempli, je tassais très fort le sable et renversais le tout très vite. Je frappais sur le fond du seau, pour bien décoller tout le sable et je soulevais doucement. Le sable, trop sec, se répandait à terre.

«Eh! un beau château, tu les réussis de mieux en mieux», disait ma mère.

Moi, je savais que ce n'était pas vrai. Alors je donnais un grand coup de pied dans le sable. Ça faisait plein de poussière. C'était drôle.

«P'tit Paul, je ne te comprends pas. Pourquoi tu détruis tes beaux châteaux? Il ne faut pas se mettre en colère ainsi, ce n'est pas beau.»

Je suis allé plus loin, près d'un autre banc où il y avait un monsieur. Il était aussi vieux que maman, peut-être plus, parce qu'il était mal rasé. Il avait l'air triste. Il était mal habillé. Il avait de gros souliers avec le bout déchiré. Il ne nous ressemblait pas, mais à des Algériens qui vident les grandes poubelles jaunes dans un camion, tous les matins.

Il m'a observé faire des châteaux de sable, comme s'il n'en avait jamais fait. J'ai donné des grands coups de talon sur le sable, dans le seau. Ça se tassait bien mieux et j'ai même été obligé d'en remettre deux poignées de plus.

J'ai sauté à pieds joints pour encore plus tasser le sable. Le seau s'est renversé. Je suis tombé dans la poussière. J'ai pleuré. Fort. Le monsieur s'est levé. Il venait vers moi. Je tendais les bras pour qu'il me redonne mon seau, mais je pleurais toujours.

Ma mère a crié en levant les bras.

«Laissez mon fils tranquille, n'y touchez pas.»

Deux gendarmes sont apparus, je ne sais pas d'où ils venaient. Je pleurais toujours. Le monsieur s'était arrêté en cours de route. Un des gendarmes a arraché le seau et la pelle des mains du monsieur pour me les redonner:

«Tiens, mon petit, il ne faut pas trop s'éloigner de sa maman.» Il souriait. Il était gentil.

Ma mère était arrivée, tout essoufflée. Elle avait perdu des pelotes de laine dans la poussière. Elle criait encore et ne voulait pas que le monsieur me touche. Elle disait que ces gens-là apportaient un tas de maladies et qu'ils étaient sales.

L'un des gendarmes a demandé au monsieur de montrer ses papiers. Le monsieur a cherché dans toutes ses poches et n'a rien trouvé. L'autre gendarme a parlé dans un walkie-talkie. J'aimerais bien en avoir un comme ça à Noël, un walkie-talkie. Un camion noir est arrivé dans la rue, je l'ai aperçu entre les grilles de fer forgé, et ils ont embarqué le monsieur.

Je n'ai pas compris tous les noms dont ils l'ont traité; des noms comme bicot, raton, bougnoule. Le camion a démarré sur les chapeaux de roues en faisant marcher la sirène. Maman a dit qu'avec tout ça on était même plus chez nous. On est rentré à la maison... Personne n'avait pris notre place.

Depuis l'autre jour, j'ai essayé de reconnaître les bougnoules. C'est maman qui m'a expliqué ce que c'est des bougnoules. C'est facile, quand ils parlent entre eux on ne comprend rien. Puis, ils sont sales.Tous ceux que j'ai pu voir étaient dans la rue, ils avaient un balai pour nettoyer les trottoirs. J'en ai vu aussi avec des pelles et des machines, ils font des trous dans la rue. Il y a des trous partout.

Dans le parc, il n'y a pas beaucoup de bicots. Il y a bien des clochards, mais ce n'est pas pareil. On est retournés souvent au Luxembourg avant que j'en retrouve un autre. C'était le jour où madame Durufflé est venue au parc avec Sonia. Une blondasse fatigante. Pas madame Durufflé qui est grande et bien coiffée, mais sa fille Sonia. Madame Durufflé et maman s'étaient assises. J'étais bien content, maman parlait et me surveillait moins. Depuis la fois du bicot, elle ne me perdait pas des yeux. Je devais jouer avec Sonia. Elle, elle voulait jouer à la Barbie comme toutes les filles. Moi, j'avais un camion Tonka pour mettre des cailloux dans mon seau. Elle n'est pas drôle Sonia. Elle ne veut jamais jouer à mes jeux.

Je regardais toujours vers le bicot que je venais de repérer. Il était assis assez loin de nous. Maman ne l'avait pas vu. Ce n'était pas le même que l'autre fois. Non. Il ne m'avait pas reconnu. Je lui ai offert ma pomme que maman m'avait donnée pour mon «quatre-heures». Il me l'a rendue en faisant non de la tête. Je lui ai redonné. Il l'a prise et il a souri. Je lui ai fait signe de croquer. Il a croqué un grand morceau. Alors là, j'ai pris une grande respiration et j'ai crié et j'ai pleuré en montrant le bicot.

Sonia, elle aussi, s'est mise à pleurer. Sans savoir pourquoi. Ça pleure toujours les filles. Maman et madame
Durufflé sont accourues en criant, en levant les bras. Le
bicot s'était levé, tenant toujours ma pomme à la main.
Il avait envie de partir mais il ne savait pas quoi faire.
Maman a encore crié très fort. Il n'y avait pas de gendarmes cette fois-ci, il y a un jardinier qui est arrivé en
courant. Maman a parlé des Arabes qui étaient des voleurs
et qu'il y en avait partout et qu'ils étaient sales et qu'ils
devaient retourner chez eux. Le jardinier a chassé le bicot,
mais il n'a pas appelé les gendarmes. Celui-là a dû rentrer
tout seul chez lui.

J'aimais bien mon jeu, et maman devenait de plus en
plus en colère d'une fois à l'autre. Je pense qu'elle n'aime
pas les Arabes. Moi non plus. Papa en a parlé à la maison
et il dit les mêmes choses que maman. Moi, je n'ai rien
dit. C'est vrai qu'il y en a partout. Avant, je n'y faisais
pas attention, maintenant je sais même très bien les
reconnaître.

On est retournés plusieurs fois au jardin du Luxembourg. J'ai revu des bicots, mais ma mère me surveille
de près. Je ne peux plus jouer à mon jeu. Je ne peux plus
non plus courir derrière les pigeons pour les faire s'envoler, en leur jetant des graviers.

Demain on part en Bretagne. Je voudrais encore jouer
au bicot, avant de partir. Il n'y en a pas en Bretagne, pas
chez pépé et mémé. Ça fait longtemps que nous sommes
arrivés au jardin du Luxembourg. Maman ne tricote plus.
Elle lit. Elle a rangé ses broches à tricoter dans la grande
valise jaune. Elle veut tricoter en Bretagne. Il va pleuvoir,
il pleut toujours en Bretagne. Ça s'annonce bien les
vacances: pas de bicots et pas de soleil, je vais encore
m'ennuyer. Ça fait vraiment longtemps qu'on est arrivés
et il n'y a toujours pas de bicot. Je regarde les messieurs

qui sont assis sur les bancs, je n'en reconnais pas.

C'est toujours les jambes que je vois en premier et après, les mains et le visage. Rien qu'en regardant les chaussures, je sais, c'est un bicot. Les bicots ne portent pas de baskets toutes blanches, ni de belles chaussures vernies, mais des grosses vieilles godasses avec des trous. Après, ils ont de grosses mains sales avec des ongles noirs. Ils sont plus bronzés que nous et ont des cheveux noirs, plutôt frisés. Souvent aussi, ils ont une petite moustache, noire. Maman dit qu'ils sentent mauvais. Moi, je n'ai pas remarqué, mais maman doit sûrement avoir raison.

Waou! Il y a un monsieur qui est passé devant nous, un vieux monsieur, beaucoup plus vieux que les autres bicots. Il va s'asseoir sur le banc, là, pas loin. Je vais le voir...

Il est mieux habillé. Il a des grosses chaussures, mais neuves. Ses mains sont propres. Il a une moustache noire. Je pense que c'est un bicot. Il est bronzé comme les autres et il a les cheveux crépus et noirs, même s'il y en a des blancs parmi. Je suis sûr, c'est un bicot.

Alors là, je me mets à pleurer et à crier en désignant le monsieur. Comme les autres fois, ma mère arrive en criant. Le bicot se lève tranquillement, très, très droit. Je pleure encore plus fort. Il explique à maman qu'il ne sait pas pourquoi je pleure. Maman dit que ça fait plusieurs fois que des messieurs comme lui font du mal à son fils...

Il met sa main dans la poche intérieure de sa veste, sort une carte de visite – comme celle de papa – et la donne à maman. Elle devient toute rouge. Elle met la main devant la bouche. Elle demande au vieux monsieur de l'excuser de ne pas l'avoir reconnu. Lui, il dit que ce n'est rien et s'en va.

«Aie.»

Je me remets à pleurer de plus belle, maman vient de me donner une bonne tape sur les fesses en criant. J'ai mal. Ça pince. Puis je ne comprends rien.

«On rentre à la maison.» C'est maman qui parle. Et pour rentrer, on rentre. Je n'ai jamais vu maman marcher aussi vite. Elle me tire par le bras et je n'arrive pas à suivre. Je risque de tomber à chaque instant. Je ne peux pas me moucher, ça va trop vite. Je renifle. Maman me demande de ne plus pleurer, sinon elle va remettre ça... Je ne pleure plus, je renifle. Si au moins, elle voulait s'arrêter. En passant devant un kiosque à journaux, boulevard Raspail, j'ai vu la photo du bicot de tout à l'heure, sur un journal, en première page.

On est arrivés à la maison. Ça a été tout un voyage. Je suis encore tout essoufflé. Maman ne parle pas. Elle a vraiment l'air fâché. Sur la table du salon, il y a le journal de papa avec encore la photo du bicot. Il a dû faire quelque chose de mal pour être partout comme ça. Je ne sais pas quoi, parce que je ne sais pas lire.

Mais je vous ai apporté la coupure de journal pour que vous me la lisiez.

RACHID EL MANSOUR REÇU CHEZ PIVOT

B. L.: Rachid el Mansour, le plus français des écrivains égyptiens, a été reçu à l'émission «Apostrophes» par Bernard Pivot. Après une carrière diplomatique bien remplie en France et en Belgique, l'ancien ambassadeur de Naser entame une brillante carrière d'écrivain. Ce sont les enfants qui le passionnent et c'est pour eux qu'il écrit. Il avoue passer de longues heures à les observer, près de chez lui, dans le jardin du Luxembourg, afin de mieux les intéresser en tentant de pénétrer leur univers imaginaire. Cet auteur dont le nom figure parmi les goncourables est aussi...

De toute façon, je m'en fous, c'est un vieux bicot et il va mourir bientôt.

LA
MOISSON
ÉCARLATE

ne cascade de cris déchiraient la moiteur vespérale. Aux grommellements, aux hurlements, succédaient des grognements sourds. Tout le village était là. C'était un soir de soleil où les nuages rouges maculaient le ciel de rivières de sang. La chaleur lourde et humide de l'été contraignait à chercher son souffle. Les animaux se roulaient dans la poussière pour y trouver un peu de fraîcheur. Un drôle de soir. Un soir de fin du monde, peut-être...

Armandine Poupin, la main dégoulinant de sang jusqu'au coude, ôtait les caillots et les jetait par terre. Les deux chiens bergers, Dick et Sultan, se battaient pour les avaler. Le sang continuait à jaillir, chaud et fumant, telle une source intarissable. Les chiens avaient entrepris une ronde obsédante. Victimes du tournis, ils perdaient de temps en temps l'équilibre. Alors ils tombaient dans la poussière, poussaient des petits cris de douleur et reprenaient leur manège, les babines noires et dentelées retroussées sur des crocs rougis. Puis, après les derniers spasmes, il ne coula plus que quelques giclées. Dans un ultime sursaut, il sortit un margouillis de caillots gros comme un poing d'homme, qui fit la joie de Dick dont le museau était pris en un pain de sang séché.

Tous les hommes lâchèrent les quatre membres flaccides de la bête. Seul un enfant maintenait encore fermement la queue du cochon. Armandine Poupin touillait toujours le sang dans sa calebasse d'aluminium. Il fallait éviter qu'il ne coagule si on voulait manger du boudin frais.

«Non, André, je ne veux pas de la Le Gall, cette année, pour la moisson.

— On verra, on a encore le temps... Tu sais, Mandine, c'est une bonne ouvrière.

— Je m'en fous. Elle viendra pas.»

Armandine s'en alla avec son récipient sous le bras. André, son mari, puisa un grand seau d'eau bouillante. Deux immenses lessiveuses étaient posées sur des trépieds et léchées par les flammes au milieu de la cour en terre battue de la ferme. «Attention, les enfants! Ôtez-vous de là!», dit-il avant d'arroser par petits jets le corps du cochon. L'eau bouillante tombait par terre, rosie par la plaie sanguinolente de l'animal. Les sautillements des deux chiens, qui levaient les pattes en cadence pour ne pas s'ébouillanter, faisaient penser à une danse incantatoire. Le boucher intima l'ordre de cesser d'arroser le cochon et se mit à lui gratter entièrement le corps. L'animal prenait la couleur laiteuse d'une peau humaine qui n'aurait jamais connu le soleil. La bête fut lavée et rasée de près. Le boucher lui trempa plusieurs fois les pattes dans l'eau bouillante, elles en ressortirent parfaitement blanches avec les ongles faits. Le mort était beau et propre.

Le boucher se redressa, s'essuya le front du revers de la main, but un grand verre de cidre qu'on lui servit et reprit son travail. Il pratiqua deux légères incisions aux pattes arrière et glissa un solide bâton entre les tendons d'Achille et les tibias. On hissa la carcasse de l'animal sur une échelle de bois qu'on accota à un des piliers du hangar. Les pattes craquèrent sous le poids, mais le tout tint bon. La tête ballottait dans le vide, la langue sortie et les yeux vitreux.

Sultan hurla de douleur. Le pied du boucher l'avait touché en plein flanc. Il était en train de mordiller le museau du cochon.

Le couteau glissa, libérant les viscères. Les femmes avaient recouvert une longue table de linges blancs sur lesquels le boucher disposait, tour à tour, le cœur, le foie, la rate, rougissant le tissu un peu plus à chaque prélèvement. On transvasa les intestins sans les crever dans un grand baquet en plastique. Deux femmes descendirent à la rivière pour les vider et les laver. L'intérieur de l'animal faisait penser à une épave aux nervures apparentes que le boucher arrosait à grands ressacs de seaux d'eau froide pour la nettoyer.

Il s'attaqua alors au cochon avec une hache. Chaque coup précis faisait craquer les os. Le corps fut séparé en deux, puis en quartiers, et enfin en de multiples morceaux. Il ne restait plus que la tête. L'homme la posa sur la table, face à lui. Il souleva sa hache, ahana et, d'un coup sec, sépara la boîte crânienne en deux. Armandine récolta délicatement la cervelle dans un bol en verre.

Ce ne fut qu'au dernier coup de hache que le Simple à Poupin sortit de derrière le mur de granit de l'écurie.

On aperçut d'abord sa crinière rousse, encore plus hirsute que d'habitude, encadrant de petits yeux porcins trop à l'étroit dans le renflement des pommettes. En dépit de sa force peu commune et d'un côté bravache, le Simple à Poupin, doté d'un corps de lutteur de foire, éprouvait souvent les peurs d'un enfant. Aux premiers hurlements du cochon, il avait fui.

«Hé! viens donc, le Simple, aie pas peur, le cochon est mort et tu vas en manger. Le prochain coup, c'est toi qu'on va bouffer, tu t'en viens bien gros et gras, ça ferait de bons biftecks.» Le boucher prit son couteau et fit le geste de se trancher la gorge. Les hommes s'esclaffèrent. Armandine maugréa: «Vous savez bien qu'il a peur du sang, laissez-le donc tranquille.»

Le Simple à Poupin était apparu là, dans le village, depuis une bonne dizaine d'années. Nul ne savait son vrai nom et, en réalité, on ne l'appelait plus le Simple mais le Simpe. Personne non plus ne connaissait sa véritable histoire, mais elle alimentait les conversations. Il était communément admis que sa mère, une jeune fille d'une famille noble, avait voulu faire disparaître le fruit de sa faute. L'avortement souhaité ne s'était pas produit et un enfant déficient mental était né. À partir de cet instant, les versions divergeaient pour se rejoindre quinze ou seize ans plus tard, époque à laquelle le Simpe végétait dans un asile de fous. Un infirmier avait proposé de le placer dans une ferme. Armandine et André, qui avaient deux enfants en bas âge, manquaient de bras. Le Simpe s'était immédiatement senti chez lui, les chevaux, les vaches et les poules étaient devenus ses chevaux, ses vaches et ses poules. Alors qu'il n'avait jamais réussi à apprendre à compter, il ne perdait jamais une vache quand il emmenait paître son troupeau. Il identifiait toujours par son nom la bête fugueuse ou retardataire.

Il avait même imposé ses vues. Depuis son arrivée, tout ce qu'il y avait de cochons, de chats et même de lapins possédait un nom. C'était Maurice qui venait de mourir. Il avait baptisé Maurice du nom du facteur, Maurice Le Pen, parce que ce dernier avait refusé de lui donner le courrier de la ferme sous prétexte qu'il était innocent et qu'il ne savait pas lire. Plusieurs mois après l'incident du courrier, un jour que le facteur s'était arrêté pour boire un petit verre, le Simpe l'avait entraîné par la manche de sa veste bleu marine jusqu'à la porcherie et lui avait dit: «Tiens, j'te présente ton frère. Il s'appelle Maurice.» Le cochon en avait grogné.

Le sort du cochon avait été décidé deux semaines plus tôt. André Poupin, comme chaque jour, s'était levé tôt. Très tôt. Il était allé puiser un seau d'eau au puits dans la cour, en avait rempli une cuvette bleue en émail pour y faire une rapide toilette. Il avala un imposant bol de café bouillant dans lequel il trempa deux tranches de pain beurrées qui laissaient à la surface du café noir des auréoles dorées. Il referma doucement la porte sur la maisonnée endormie et partit, ses grosses mains nouées derrière son dos. Ses champs étaient dispersés un peu partout dans la commune avec de nombreuses enclaves à l'intérieur de fermes voisines. Dans le clos de l'Ourme, il saisit un épi de blé, en cassa la tige. Il égrena l'épi en le faisant rouler entre les paumes de ses mains qui, s'il en avait augmenté la pression, auraient pu se transformer en meules à farine. Il souffla dans le creuset de sa paume pour ne conserver que le grain au fond qu'il croqua en connaisseur. Il recommença quelques mètres plus loin. Le blé du clos de l'Ourme était à point. Dans les Brûlons, c'était plus sec et aussi plus ensoleillé. De la bonne terre, le blé y était encore meilleur et il ne faudrait pas attendre trop longtemps avant de le récolter. Aux Fontenelles, le blé n'était pas mal non plus. Dans la Perrière, il était presque en eau. Quand le fermier pensait qu'il louait ce lopin au même tarif que la bonne terre, il avait le sentiment de se faire rouler. On ne pouvait rien en faire... même pas un pré. C'était trop petit pour y mettre tout le troupeau, c'était aussi trop loin et il fallait traverser la route nationale... «Nom de d'hui» (André ne jurait jamais), s'il n'en tenait qu'à lui, il ne paierait plus pour ce bourbier mais il voulait garder le clos de l'Ourme qui appartenait au même propriétaire. «Un bon clos, le clos de l'Ourme», pensa-t-il en égrenant le dernier épi dans la parcelle des Berheudières. On moissonnerait la quinzaine suivante. Il fallait tuer le cochon.

En rentrant vers six heures et demie, il croisa les ouvriers qui partaient vers la carrière de granit. «Ils commencent bien après moi et à cinq heures ils ont déjà fini», pensa-t-il.

Deux semaines plus tard, la batteuse, sorte de monstre de bois, d'acier et de tôle, hérissée de poulies, de lames, de dents et de tamis, avait passé sa première nuit sous ses bâches au milieu de la cour. Les premiers moissonneurs arrivèrent un à un. Ils s'entassaient dans la grande salle commune, autour de la table où un café brûlant leur était servi.

La veille, les hommes avaient installé la machine, l'avaient stabilisée et ancrée solidement au sol avec des pieux. Le gros moteur électrique avait aussi été amarré et lesté d'un mœllon de granit. La tension des multiples courroies de transmission avait été soigneusement vérifiée. À la lueur d'un fanal tenu par le Simpe, André les avait toutes enduites de résine pour qu'elles ne glissent pas sur les poulies. Il avait aussi examiné l'état du tablier de bois sur lequel on enfournait les gerbes de blé, l'épi en premier. Les planches étaient lisses, douces et patinées comme de vieux meubles encaustiqués chaque semaine, pendant des générations. Il flatta le lit du bois. «Le blé glissera bien», pensa-t-il. Il avait réussi à convaincre sa femme d'embaucher la Le Gall. Jeannine Le Gall était assurément la plus adroite pour enfourner les gerbes. Elle savait reconnaître à l'oreille l'instant précis où la batteuse avait trop de blé dans les entrailles et risquait de gaspiller du grain. Elle savait aussi déterminer le moment où la machine allait tourner à vide. Grâce à son habileté, la batteuse ronronnait avec régularité.

«La Le Gall est veuve et elle a deux enfants à nourrir. Le gouvernement n'a pas encore réglé ses affaires...», avait justifié André Poupin.

Jeannine Le Gall, un an plus tôt, avait perdu son mari à la guerre d'Algérie. Des méchantes langues disaient qu'il avait déserté et qu'il était passé du côté des *bougnoules**. C'était pour cela que la Le Gall ne recevait pas encore de pension de veuve de guerre. «Un instituteur communiste», chuchotait-on. «On a rien à foutre en Algérie», avait déjà confié à son épouse André, lors de précédentes discussions au sujet de la disparition de François Le Gall. Ce jeune instituteur inscrit au parti communiste avait été appelé comme tant d'autres à défendre contre son gré le territoire français en Algérie. «Je ferme ma gueule, avait poursuivi André. Les *pieds-noirs** qui sont là-bas, s'en mettent plein dans les poches. Ils ont de grandes fermes et embauchent des bougnoules. Comme salaires, ils leur bottent le cul. Nous, avec nos petites fermes, on paie notre personnel. Je suis pas «communisse», mais ils ont raison. On a rien à foutre en Algérie. Toi là, le Simpe, tu ne répètes jamais ça à personne.»

Armandine n'avait rien répondu. Le Simpe avait fait

---

* *Voir glossaire p. 196*

«Heu» puis était parti parler à ses vaches. Quant aux enfants, Jean-Yves, treize ans et Annick, onze ans, il était inutile de leur rappeler la consigne du silence.

***

Le jour du battage et à l'heure prévue, la Le Gall fit son entrée de bonne humeur, les cheveux emprisonnés dans un foulard noué serré. Elle buvait son café avec les hommes et refusa la bouteille d'eau de vie qu'elle passa. Maxime Lozach en versa une bonne rasade dans son bol. Il fit tourner le liquide pour dissoudre les restes de sucre au fond. L'alcool incolore devint ambré. Il le but d'une seule traite. «T'as pas d'alliance, Jeannine?, demanda-t-il.

— Je porte pas de bague quand je travaille à la batteuse. J'ai pas envie de me ramasser avec une main en moins.

— T'es pourtant pas gauchère...

— C'est pas ton problème. Je suis toujours une femme mariée et tu n'as aucune chance!»

Les hommes riaient et raillaient le vieux garçon de cinquante-cinq ans, une barbe de trois jours et les dents noircies par le tabac à chiquer: «Hé là! tu viens de te faire ramasser.» «Elle ne te l'a pas envoyé dire.» «Tu vas encore rester célibataire pour une bonne paie...» «Puceau!», cria une voix anonyme près de la porte. Maxime sortit, vexé. Si les autres hommes étaient moins butors à l'égard de Jeannine, ils étaient tout aussi intrigués, voire émoustillés, par les charmes de cette belle fille volontaire dont les vacheries de l'existence n'avaient pas encore atteint le bonheur de vivre.

Pendant que les retardataires finissaient d'avaler leur café, André effectuait les derniers tests. La batteuse avait déjà rugi deux fois. C'était le signal. Hommes, femmes et enfants, tous furent à leurs postes. Un jeune paysan particulièrement râblé saisit Jeannine Le Gall à la taille pour la jucher sur le banc, face au tablier de la batteuse.

«J'étais capable de grimper toute seule, fit-elle remarquer.

—Mais, ça m'a fait plaisir, ma belle Jeannine...»

Elle ne répliqua pas et concentra son attention sur la gueule sombre de la machine où les reflets gris bleu des lames d'acier, pendant trois jours, happeraient les épis de blé pour les séparer des tiges. André abaissa le levier. Le moteur peina. La kyrielle de poulies se mit en branle lentement, puis tourna de plus en plus vite. Jeannine attendait le moment d'envoyer la première gerbe. La rotation des lames accéléra de plus en plus, les transformant en un délicat voile de reflets acier. La batteuse venait d'atteindre son rythme de croisière. Jeannine sépara sa première gerbe en deux. Elle étala les tiges sur toute la largeur du tablier, les fit glisser à quelques centimètres du rideau des lames. On entendit un *wouff*. Elle enfila la deuxième demi-gerbe, puis les suivantes. Le blé glissait avec la régularité d'une rivière paisible sur un lit de sable. En amont, une autre femme recevait les gerbes, en coupait les liens et les faisait glisser vers Jeannine dont des gestes précis et réguliers se fondaient en un mouvement continu qui ne manquait pas de grâce.

La multiplicité des gestes de chacun s'inscrivait dans un immense mouvement collectif ininterrompu. En haut, sous le toit de tôle ondulée du hangar, les enfants saisissaient les gerbes qu'ils balançaient par terre. Une femme les recevait, une à une, les présentait au trident d'un homme qui allait les déposer au bout du tablier de la batteuse où Jeannine et une autre femme travaillaient. À l'autre extrémité de la machine, la paille ressortait en lourdes balles cubiques dont s'emparaient des porteurs de paille armés de fourches de bois à deux dents. Ils les hissaient à bout de bras à des «meuloniers» qui les érigeaient en pyramides.

Si la batteuse n'avait qu'une bouche, elle possédait trois orifices. D'un de ceux-là, sortaient les *gapas** qu'une légion de «gapailleurs», constituée d'enfants dirigés par une vieille femme, enfournait dans de grands sacs de toile pour qu'on les brûle au milieu d'un champ. Au bout d'une demi-heure, les gapailleurs se métamorphosaient en une autre race d'humains, sortes de nègres nains dont on ne voyait plus que l'éclat des dents et des yeux, sous la couche de poussière et de sueur.

André recevait le grain dans des sacs de jute, ouvrait et fermait alternativement les conduits, enlevait les sacs pleins et y fixait des vides. Il vérifiait tout, plongeait la main dans le grain, le laissait couler pour voir s'il était sec et propre. Le Simpe balançait les lourds sacs sur son épaule, traversait la cour, bien droit, le torse bombé, grimpait à des échelles de bois pour déverser le contenu des sacs dans des greniers où des femmes et des adolescents étalaient la récolte en une couche uniforme avec des pelles et des râteaux.

Le soleil cognait fort. Les hommes, entre deux voyages de paille ou de grain, s'arrêtaient à la salle commune et buvaient un verre de cidre. Des enfants, mandatés *cambusiers**, se promenaient de poste en poste avec leurs cruchons de cidre.

La pause à mi-matinée fut bien accueillie. On avait sorti les pâtés, les rillettes, les andouilles et le lard salé froid. C'était aussi l'occasion de profiter d'un instant de répit à la fraîcheur. Ça sentait fort la sueur d'hommes et la poussière. On fit jouer la radio toute neuve. Un groupe de chanteurs français, pastichant la musique arabe, scandait «*Fais-moi du couscous, chérie*». Maxime Lozach amorça une danse du ventre. «C'est-y comme cela qu'a dansent les *fatmas**, hé, le jeunot?», cria-t-il au fils Lemeur qui achevait sa permission, avant de retourner en Algérie. Loïc Lemeur, la vingtaine, un corps tout en muscles, qui avait encore les traits et la timidité de l'adolescence, ne répondit pas. La radio diffusait toujours *Fais-moi du couscous, chérie.*

«Hé! dis donc, quand tu vas au bordel, j'espère que le caporal te dit de mettre de la pommade, renchérit Lozach.

—Maxime, il y a des enfants ici, dit quelqu'un.»
André ferma la radio.

Quand ils reprirent le travail, le soleil avait encore forci. Presque tous les hommes étaient torse nu. Leur peau blanche, à partir du cou et des épaules, était zébrée de ruisseaux de sueur et de poussière jusqu'aux creux des reins et des poitrines. Seul Loïc Lemeur était uniformément bronzé. De mémoire d'homme, il n'avait jamais fait aussi chaud en Bretagne. André interdit de brûler les gapas. C'était trop dangereux. L'orage menaçait chaque soir, mais les nuages se dissipaient sans laisser une goutte d'eau. Les cruches de cidre se vidaient, les cambusiers n'arrivaient plus à fournir à la tâche. Armandine mouilla le cidre d'un tiers d'eau et fit circuler des cruches d'eau froide. «Si ça continue ainsi, ils vont tous être soûls à midi et il va y avoir des accidents», s'inquiéta-t-elle. Il était interdit au Simpe de consommer une seule goutte d'alcool, pourtant les jeunes cambusiers commencèrent à lui servir du cidre. D'abord dilué, puis pur. Ils guettaient sournoisement la progression de l'incohérence de ses propos.

En d'autres circonstances, ceux-ci auraient pu être attribuables au besoin de se faire remarquer, à la joie de constater que SA FERME, et donc lui-même, était à l'origine d'une telle activité. Ou, tout simplement, il avait reçu un coup de soleil sur la tête. Le Simpe déclarait qu'il était le plus fort pour transporter les sacs de grain. Il fanfaronnait qu'il allait être riche avec toute cette récolte qu'il vendrait au meunier. Il irait aussi passer des vacances au bord de la mer avec Armandine. À la mort d'André, toute la ferme serait à lui, Armandine deviendrait alors sa femme. Il se mit à invectiver un des porteurs de paille ou de grain parce qu'il n'allait pas assez vite. Les hommes riaient. Ce n'était pas la première fois qu'ils voyaient le Simpe un peu dérangé. En revenant des greniers, il se fit un capuchon avec un sac. On ne percevait plus que ses petits yeux aux mouvements rapides. Il chantait à tue-tête, n'importe quoi, n'importe comment. Viau, un des jeunes affectés au transport des cruches d'eau et de cidre, l'arrêtait au beau milieu de la cour:

«Un coup de cidre, le Simpe?»

Il lui remplissait alors son verre d'eau fraîche. Le Simpe faisait discrètement signe qu'il désirait encore du cidre.

«Non, le Simpe, t'as pas le droit. C'est pas ta couleur. Du vin blanc pour le Simpe», rétorquait haut et fort le jeune serveur.

La chaleur devenait de plus en plus intense. Le soleil aveuglait les porteurs de paille quand ils grimpaient aux échelles, pour hisser les balles au sommet des meules. Toute la ferme se dissolvait dans une lumière trop blanche, comme quand un projecteur de cinéma brûle la pellicule d'un film. Puis ils redescendaient, dans un environnement vacillant et diaphane qui se redéfinissait peu à peu. Les images floues de la machine et les moissonneurs se stabilisaient alors dans leurs formes d'origine. Les contrastes et les couleurs réapparaissaient, mais peut-être plus estompés après chaque ascension. La batteuse poursuivait ses *wouff. Wouff, wouff, wouff* ! Le bruit, de plus en plus assourdissant, se réverbérait partout, sur les murs de l'écurie, de l'étable, sur les tôles brûlantes des hangars comme des coups de gong précipités sur un fond infernal de roulements de tambours. La machine engouffrait inexorablement les gerbes. Rien, ni la chaleur implacable, ni la fatigue des travailleurs, n'entravait son rythme. Probablement même qu'elle l'accélérait. Les porteurs de grain tanguaient sous leurs charges, ivres de soleil. En revenant des greniers, ils se faisaient de l'ombre en étalant des sacs de jute au-dessus de leur tête. Les porteurs de paille, quant à eux, élevaient les balles au bout des fourches qu'ils promenaient comme des parasols de plus en plus pesants. On se relayait de plus en plus souvent pour voler quelques minutes de fraîcheur dans la salle commune. «Fermez la porte, la chaleur va rentrer, il fait déjà presque aussi chaud que dehors!», criait Armandine qui suait au-dessus de ses chaudrons, préparant le repas du midi.

Mais était-ce vraiment bénéfique, ces quelques instants de répit? Quand les ouvriers ressortaient, la fournaise les assaillait. Encore plus violente. Elle emprisonnait les visages et les corps, s'insinuait sous les ceintures, remontait le long des tibias et des cuisses, serpentant comme des coulées de lave fluide.

On buvait dans le même verre. Les femmes le torchonnaient avec un coin de leur sarrau, quand il devenait presque opaque. Le geste ample du revers de la main, on s'essuyait les lèvres. On crachait beaucoup toute la poussière avalée. On s'arrêtait souvent aussi pour uriner. Les hommes s'arc-boutaient, face aux murs, écartaient les jambes, pissaient haut et dru, provoquant du regard les femmes qui détournaient la tête ou haussaient les épaules. Des gamins, curieux ou envieux d'une virilité qu'ils ne possédaient pas encore, risquaient des œillades et se faisaient rabrouer.

Sous ce soleil qui brûlait la peau, dans cette chaleur intense, dans cette poussière qui râpait les poumons, avec tout ce cidre qui montait à la tête, on arrivait difficilement à suivre le rythme de la machine. Elle vomissait toujours ses balles de paille qui s'entassaient pêle-mêle sur le sol. Les sacs de blé s'alignaient sur son flanc, comme une file d'attente. Les porteurs faiblissaient. Ils escaladaient les échelles en deux ou trois étapes, s'immobilisant entre ciel et terre. À chaque instant, on s'attendait à en voir un lâcher prise et choir, épuisé. On s'arrêtait de plus en plus souvent.

Pendant un de ces brefs instants de repos, Jeannine rejoignit Loïc Lemeur, à l'ombre du premier meulon terminé. Elle voulait savoir. L'Algérie... François... Les rumeurs... Les déserteurs... Loïc, allongé et reposant sur un coude, racontait qu'il ne savait pas grand-chose. Il était cantonné à Sidi-bel-Abbés et François à Tizi-Ouzou. Le mari de Jeannine avait disparu au moment où lui, Loïc, venait tout juste d'être envoyé en Algérie. Tous deux n'étaient pas de la même *classe**. Loïc parlait peu. Il mâchouillait un brin de paille, songeur, lointain. Jeannine le regardait. «Oui, poursuivit-il à contrecœur, oui, il y a des désertions... Dans la région de l'Ouarsenis, l'aspirant communiste Mallot a rejoint les rangs du *F.L.N.**. Mais des soldats disparaissent aussi.» Il évoquait les embuscades fatales pour un soldat isolé. Il ne fallait jamais sortir seul dans les *médinas**. Ne jamais se séparer de son arme, même pour aller aux chiottes, à l'intérieur de la caserne. Derrière un *harki** pouvait se cacher un *fellagha**. Il décrivait la peur qui lui vrillait l'estomac quand il était de garde la nuit dans le *djebel**.

Tout bougeait, tout bruissait, tout rampait. La mort

rôdait, froide, informe, multiforme. Il avait vu des sentinelles paniquées, la tête comme un tambour, tirer sur un fennec. C'était suffisant pour se faire remarquer et tomber sous une balle adverse. Jeannine écoutait. Elle imaginait son mari dans cet enfer que racontait Loïc. Maintenant, Loïc était devenu intarissable. Jamais il n'avait parlé ainsi. Il se confessait comme un condamné avant l'exécution. Il racontait comment les soldats, chauffés à blanc pour des sorties sanglantes contre le F.L.N., tiraient dans le tas. Il fallait tirer les premiers pour ne pas crever. Souvent, il n'y avait que des femmes et des enfants... ensuite c'était la peur des représailles. La peur tout le temps, partout, même dans les quartiers européens. Une grenade pouvait exploser dans le sable, lors d'une partie de pétanque. Une Traction Citroën noire, bourrée de fellagha, pouvait déboucher en trombe de nulle part. Les rebelles arrosaient la rue de rafales de mitraillette. Les corps s'affaissaient en plein soleil. Puis c'était le silence.

Loïc Lemeur se tut. Il se passa la main sur le visage et dans les cheveux, comme s'il avait fait un cauchemar. Il transpirait abondamment. Il y eut un long silence. Jeannine contemplait son corps d'adolescent. Trop jeune pour être mutilé. Trop jeune pour mourir, comme François. François n'était peut-être pas mort. Il avait déserté. La honte. On ne déserte pas, on ne fuit pas. On se bat, comme un homme. Jeannine savait que son mari n'était pas un lâche. Il n'avait pas des idées comme les autres, mais il n'était pas lâche. Elle voulait savoir si Loïc le condamnait.

«Je n'en sais rien, dit-il. Un jour, on dit que De Gaulle veut abandonner l'Algérie. On se demande alors pourquoi on fait les cons chez les bougnoules. La semaine suivante, il fait le tour des popotes et on dit le contraire... Je comprends qu'il y en a qui flanchent... Des conscrits tirent des sonnettes d'alarme, dans les trains, pour retarder les convois vers l'Algérie... Je comprends.

—Tu as peur de repartir?

—Oui.»

Jeannine essuya une larme ou une goutte de sueur et embrassa Loïc sur le front.

«Bonne chance et reviens-nous.»

Quand elle se releva, Maxime Lozach, appuyé sur sa fourche de bois, les regardait.

«Eh bien!, Jeannine, t'as pas été mariée longtemps depuis à matin.

—Fais pas chier, Lozach. Fous-lui la paix.

—C'est toujours ce qu'on dit quand on est pris la main dans le sac, ronchonna Maxime Lozach en s'éloignant.»

Le Simpe avait noté l'absence de Maxime. Il lui fit remarquer qu'il vieillissait et qu'il ne travaillait plus assez vite. L'an prochain, on l'enverrait aux gapas avec la vieille Dreux et les enfants.

«Maxime aux gapas. Maaaaxim' aux aux aux gapasass», entonnèrent deux jeunes en riant.

Maxime agrippa par la ceinture le fils Viau.

«Toi, là, si tu continues à chanter ça, je vais dire à ta mère que c'est toi qui as démarré la batteuse chez Loménech la semaine dernière, tu touches à tout d'abord.»

La petite gouape se dégagea, fit un bras d'honneur et répondit: «Tu peux toujours moucharder, c'est pas moi qu'a touché à la machine», et il poursuivit sa chanson. «Maxime le vieux aux gapas avec grand-mère Dreux. Maxime le vieux...»

Maxime se retourna. Loïc Lemeur et Jeannine Le Gall souriaient, amusés par la scène.

À midi, la batteuse s'arrêta. Le silence se fit vide. Puis peu à peu, l'oreille s'accoutumait à redécouvrir le piaffement d'un cheval dans l'écurie, l'aboiement d'un chien au loin et le bruit sourd et régulier de la circulation de la route nationale à plusieurs kilomètres.

Après le repas, André décréta une méridienne d'une heure.

«C'est pas humain de travailler par un temps pareil. On finira plus tard, ce soir, à la fraîcheur.»

Chacun chercha un peu d'ombre. Les femmes s'allongèrent au pied des meules. Les hommes se firent des matelas avec des balles de paille ou des sacs de grain, à l'ombre de la machine ou d'un mur. Le silence imposant de cet après-midi torride se meubla à peine du rythme lent des respirations lourdes, des longs soupirs et de quelques ronflements d'hommes endormis. Leur sommeil n'était troublé que par des mouches, que des mains aux gestes lestes et machinaux chassaient régulièrement. De tous ces corps alignés, de tous ces visages inexpressifs aux bouches à demi-ouvertes, émanait quelque chose de morbide. Il y avait aussi une certaine vulnérabilité impudique qui se dégageait des ventres alanguis ainsi que des jambes flasques qui pendouillaient de ces panses rebondies. Tout ce qui avait été force et puissance n'était plus qu'abandon.

Les jeunes se réfugièrent en haut des tas de gerbes de blé pas encore battues, dans l'étuve, sous la tôle ondulée des hangars. Ils trouvaient encore l'énergie pour lutter entre eux. Viau, le plus âgé, gagnait et imposait sa loi. Puis on joua au docteur. L'un des plus jeunes, qui ne voulait pas se déshabiller, se retrouva nu comme un ver, exhibant aux sarcasmes des autres un minuscule pénis recroquevillé. Il alla se plaindre à sa mère qu'on l'avait battu. Quelques minutes plus tard, il était de retour. On le chassa. Il revint. On lui fit jurer de ne plus moucharder sinon on lui arracherait les couilles. Les autres jeunes discutaient alors de la grosseur du sexe du Simpe. Il devait bien avoir un braquemart de la grosseur de celui d'un cheval. Viau cala son coude gauche dans son entre-jambes, serra son poing, releva son avant-bras, masturba son poignet et cracha un gros glaire gras à quelques centimètres en avant de son poing.

«T'es dégueulasse, Viau, dit quelqu'un.

— T'as jamais rien vu trou d'uc...», trancha net Viau.

Un des jeunes affirmait qu'on avait sectionné le zizi du Simpe pour qu'il ne coure pas les filles. Viau plongea sa main dans la culotte de son voisin et fit le geste de lui couper le pénis en le serrant entre ses doigts.

«T'es malade, Viau, hurla l'autre, ça fait mal!

— Tu vois bien que c'est pas possible de vivre sans bite, rétorqua Viau. Puis il enchaîna... On donne des drogues au Simpe pour qu'il ne bande pas. Mon oncle dit que c'est ce qu'on faisait aux soldats pendant la guerre pour qu'ils ne pensent pas aux femmes ou qu'ils ne deviennent pas tous pédés. C'est du bromure que ça s'appelle.»

Les autres restèrent cois d'étonnement devant tant de connaissances.

Aux premiers ébranlements de la batteuse, chacun sortit de sa retraite. Les femmes derrière les meules se levèrent en s'ébrouant. Les têtes des jeunes apparurent, espiègles et rougeaudes, au-dessus des tas de gerbes. Les hommes rajustèrent leurs casquettes. Maxime Lozach débusqua en plein soleil. Il s'était réfugié entre les tonneaux du cellier sombre et humide. Il s'arrêta, ébloui par la lumière, pétrifié par la chaleur. Il vissa nerveusement son vieux chapeau de paille sur sa tête, cracha du jus de chique noir et épais et s'empara de sa fourche de bois. Le Simpe, ruisselant de sueur, resserra sa ceinture et, tout en marchant à grandes foulées, déclara que la chaleur ne le gênerait pas pour transporter les sacs de grain. Le travail reprit. La batteuse émettait inexorablement ses *wouff, wouff*. La chaleur augmentait toujours. Peu à peu, chaque geste devenait presque instinctif. Les moissonneurs, drogués de soleil, semblaient se déshumaniser pour se transmuter en une colonie d'insectes géants mus par des règles génétiques immuables. On balançait les gerbes. On les embrochait. On les déposait sur le tablier. On en nourrissait la machine, telle une reine tyrannique. On enfournait les gapas. On enfourchait les balles. On levait les sacs. On grimpait aux échelles. On étalait la récolte de grain. On construisait des pyramides de paille. Et chacun buvait. Buvait pour combattre la soif, pour déglutir la poussière et apaiser l'enfer de sa gorge. Buvait pour ne pas se déshydrater et ne pas devenir sec comme un hanneton.

Ce n'était que pendant les courts instants de pause que chacun récupérait son humanité. Les moissonneurs se retrouvaient, par petits groupes de trois ou quatre à la fois, à l'ombre d'un mur. Les hommes reluquaient les femmes, les plus jeunes. Jeannine n'avait cessé d'être leur sujet de conversation. Même ceux qui se vantaient d'avoir sauté de plus jolies filles qu'elle, pendant leur service militaire, s'étaient ingéniés à la frôler quand ils passaient ensemble une porte ou qu'ils étaient assis côte à côte. On tenait, sans vergogne et en présence des plus jeunes, des propos salaces. On ne sut quel pari tint la *Bedeaude** avec Guéguen, un des porteurs de paille. Elle s'agenouilla devant lui. Il dégrafa son pantalon, sortit son sexe. La Bedeaude ouvrit grande la bouche et il urina. La Bedeaude avait du cœur au ventre pour tenir ses paris. Maxime Lozach raconta qu'il avait surpris le fils Lemeur et la Le Gall, derrière un meulon de paille. Maxime offrit une Gauloise au jeune Viau. Celui-ci en demanda deux pour vérifier si, sous sa robe, la Le Gall portait des petites culottes.

L'adolescent avant d'arriver à ses fins, reçut deux gifles sonores. Il devint cramoisi. Tous les muscles de son visage se creusèrent, ceux de son cou saillirent, tendus comme des filins prêts à se rompre. Tout son corps s'était raidi pour ne pas laisser perler ses larmes. Il alla griller sa cigarette derrière un tas de paille d'où il fut délogé par André Poupin.

Le fermier avait interdit que l'on fume sur l'aire de battage. Viau affirma à Lozach que la Le Gall était nue sous sa robe.

Quand la main calleuse de Lozach caressa maladroitement son mollet, puis le galbe de sa cuisse, Jeannine ne broncha pas. Elle fit glisser sa dernière demi-gerbe dans la gueule de la machine et descendit calmement de son banc. Maintenant, elle faisait face au vieil alcoolique. Elle releva le chapeau de Lozach, riva son regard dans le sien. Elle sourit. Maxime, tout surpris, sourit aussi. Puis lentement, elle glissa sa main sous la ceinture du bonhomme. Il n'y comprenait plus rien, le contrôle de la situation lui échappait. Il aurait aimé plus d'intimité. Tout à coup, ses yeux se révulsèrent. Tous les muscles de sa trogne d'ivrogne s'étaient tétanisés. Il hurlait. Il jurait. Jeannine venait de lui écraser les testicules avec toute la force et avec toute la rage dont elle était capable. Maxime alla vomir, accoté au mur de l'écurie, le corps parcouru de spasmes. On ne le revit pas de l'après-midi, sauf pour le casse-croûte de cinq heures.

Quelques nuages avaient fait leur apparition et, vers la fin de l'après-midi, le ciel était presque noir. Une touffeur d'orage, lourde comme une chape de plomb fondu, stagnait au-dessus de la ferme. La chaleur ne descendait plus du ciel, mais remontait par vagues de la terre, pour se réverbérer sur les nuages de plus en plus denses. L'air devenait irrespirable.

Le Simpe avançait en chaloupant, matelot ivre en proie au mal de terre. Relever son pantalon sur son abdomen gluant de sueur et de poussière était devenu un tic. Sa tignasse hirsute et rousse remplie de débris de paille lui conférait un air inquiétant. Il souriait bizarrement. Viau, tout en trimbalant ses cruches d'eau et de cidre, guettait l'instant où, tel un taureau d'arène perclus de banderilles, le Simpe allait s'effondrer sous le poids de son sac. Le Simpe bascula en arrière. Son sac glissa. Il donna un coup de rein accompagné d'un «han» sonore, pour recentrer la charge. Le sac glissa en avant. Le Simpe trébucha contre un caillou, tangua, culbuta et s'écroula comme une bête assassinée. Le sac s'éventra. Le Simpe saignait du nez. André l'envoya se reposer dans un des bâtiments de la ferme. On l'allongea sur des balles de paille. Une femme lui lava le visage à l'eau fraîche. André tança le jeune Viau qui se défendit d'avoir soûlé le Simpe et abandonna ses deux cruches au milieu de la cour.

La batteuse s'arrêta pour le casse-croûte de cinq heures. Il y eut un regain d'énergie, une sorte de mutinerie ludique à laquelle tous participèrent. On ne sut qui lança la première cuvette d'eau froide, mais au bout de quelques minutes, chacun en avait reçu une sur le dos ou en pleine figure et en avait au moins balancé deux. Les hommes rembourraient les corsages des femmes de poussière de paille et de gapas. Les femmes, à deux ou trois, attrapaient un mâle et remplissaient son pantalon. Tous s'ébrouaient, se secouaient, criaient et riaient. Les enfants s'emprisonnaient dans de grands sacs de toile de jute. On tenta bien d'y enfermer la Bedeaude, mais elle se débattit violemment. De toute évidence, elle était trop corpulente. Quelqu'un désigna Jeannine Le Gall. On la poursuivit autour de la batteuse. Elle était rapide et déjouait les pièges avec agilité. Finalement, elle se retrouva prisonnière d'une paire de bras musclés qui la maintinrent au-dessus du sac pour l'y glisser.

«Non!, cria-t-elle, ne liez pas le sac. Bande de vaches. Lâchez-moi.»

Deux hommes la déposèrent sur le plan incliné du tablier de la batteuse. Un des hommes bloqua l'ouverture du sac en le repliant sous la tête de la prisonnière. Il sortit son couteau et sectionna délicatement le lien de corde. Jeannine cessa de se débattre. Il lui demanda si elle boudait et se fit envoyer au diable.

«De toute manière, précisa-t-elle, vous pouvez bien me laisser là, j'ai pas faim et j'irai jamais m'asseoir à la table de sales brutes de votre espèce.»

Chacun trouva un tour à jouer et sa victime. Cacher les fourches des porteurs de paille ou en enduire le manche de résine, subtiliser les galoches d'André Poupin qui s'était déchaussé pour en ôter le grain, enlever l'échelle d'un meulonier qui resta prisonnier au sommet de sa pyramide. Toutes les mains, qui au cours des jeux et des bousculades, se posaient sur un sein ou atteignaient un entre-jambes, n'étaient pas aussi innocentes qu'on aurait aimé le laisser croire. On se pelotait ferme.

Le ciel était d'encre. À l'horizon, des déchirures flamboyantes témoignaient que la fournaise consumait toujours au-dessus du plafond du ciel.

Soudain, chacun s'immobilisa. On écoutait, pour être certains, au loin le grondement du tonnerre.

Dès le début du repas, le roulement du tonnerre s'amplifia. Il faisait tellement sombre qu'on alluma. Des bourrasques emportaient des tourbillons de poussière. Il y eut une véritable explosion au-dessus de la ferme. Tout trembla. La lumière des ampoules électriques faiblit. Le silence se fit autour de la table. Tous se regardaient, attendaient. Une cataracte de gouttes de pluie, grosses comme des billes de verre, se mirent à résonner sur les toits. Une vague d'air frais aux odeurs de poussière envahit la pièce. La tension tomba. Enfin... on pouvait respirer. Le ciel craqua encore deux ou trois fois, laissant place à une pluie régulière. Les conversations reprirent.

André se leva de table, demanda un instant de silence. «La machine tourne toute seule», cria-t-il. Il se précipita dehors, un sac de toile sur la tête en guise d'imperméable. Il releva le levier. La batteuse ralentit et s'immobilisa. Il arracha la prise de courant, enroula le fil autour du moteur qu'il couvrit d'une bâche. Le vent poussait la pluie sous le hangar par rafales. André maugréait. Les gamins lui avaient fait le même coup que chez Loménech, à moins que l'orage n'ait créé un arc électrique... L'averse tombait dru, charriant une rivière de paille et de poussière. Le fermier alla détacher le dernier sac de grain à demi rempli, encore fixé à un des conduits de la batteuse. Il plongea le bras dans le sac. C'était humide, gluant et chaud. Étonné, il retira sa main. On l'entendit hurler: «JEANNINE, NOM DE DIEU!» Sa voix dominait l'orage. Toute vie se figea dans la ferme.

Il pleurait maintenant, hypnotisé par son avant-bras maculé du sang et des lambeaux de chair de la jeune femme que l'averse avait entrepris de laver.

LE DERNIER ÉTÉ BALKANIQUE

«Hé là!, vous, arrêtez-vous! Vous vous croyez où? C'est pas votre champ de patates ici.»

Un militaire français ou un douanier, les pommettes rougies par l'air vif des Alpes, aboyait en sortant de sa minuscule guérite. Annette et Jean-Luc venaient de franchir, en toute innocence, la limite du territoire français en haut du col du Mont-Cenis.

Jean-Luc enclencha la marche arrière de sa Renault 4 et vint se stationner docilement en face du valeureux cerbère. Il fit glisser très légèrement sa vitre de portière, laissant ainsi juste l'espace nécessaire pour y insérer deux passeports.

«Vous croyez que ça me fait plaisir de me cailler les miches, pendant que vous avez le cul bien au chaud dans votre bagnole?»

Il consulta les deux passeports.

«C'est toi, Annette Cavola. C'est toi, Jean-Luc Houelle.

— Élémentaire, mon cher Watson, marmonna Jean-Luc qui reçut un coup de coude dans les côtes par sa compagne.

— Profession étudiant, c'est pas une profession ça, vous ne le serez pas toute la vie. Étudiant... Et, ça se balade dans une bagnole neuve!, commenta le douanier.

— Je suis comme vous, je gagne ma vie. Je suis maître d'internat à temps plein et je suis aussi étudiant à temps plein.»

Jean-Luc avait bien envie d'ajouter: «Fais pas chier alors!»

«Tais-toi, intima Annette. Tu n'auras jamais raison. Écrase.»

Après avoir satisfait aux formalités, Jean-Luc et Annette abordèrent le sol italien.

«Ne roule pas si vite, dit Annette, tu peux passer la frontière italienne sans t'en rendre compte. Une engueulade par jour, c'est largement suffisant. Et, en italien on ne comprendrait rien.»

Jean-Luc stationna sa Renault sur le bas-côté. Il sortit et s'accota à la congère, ébouriffa sa tignasse blonde et se précipita comme un beau diable vers la voiture en hurlant.

«*Stoppa, stoppa acqui! No patatas acqui. El passéporté la mignona. No es Francia acqui, es la Respublica Italiana. Respectaré la leye. Presto, presto.*»

Annette éclata de rire, bondit hors de la voiture, moula une boule de neige et la lança à son carabinieri d'opérette. La bagarre prit fin quand les deux protagonistes, très vite épuisés par la raréfaction de l'air, se retrouvèrent assis dans la neige, sous le soleil de juillet. Un regard complice, un éclat de rire furent les préludes à une embrassade de jeunes amoureux.

«Je me les gèle. Il avait raison le pingouin, là-haut. Il ne fait pas chaud.

— Fais voir, répliqua Annette en tentant d'introduire sa main dans l'entre-jambes de son compagnon.

— Pas touche. C'est les bijoux de famille à papa», et Jean-Luc proposa de repartir.

Les automobilistes italiens dévoraient, comme des enragés, des kilomètres d'autoroutes surpeuplées de minuscules Fiat aux moteurs gonflés et toujours au bord de l'asphyxie. Chapelets frénétiques et assourdissants dans l'entrelacs des échangeurs. De temps en temps, une splendide Lamborghini prenait à peine le temps d'apparaître sournoisement dans le rétroviseur qu'elle était déjà devenue un petit point noir, tout au fond de l'horizon, là devant où le macadam se confondait avec le ciel dans une vapeur bleutée. La Renault 4 traversait, petit-train-va-loin, la plaine du Po pour arriver à Venise, sur la côte de l'Adriatique.

Quelques jours d'arrêt, promenade en gondole pour renouer avec un romantisme que se défendaient de cultiver les deux soixante-huitards. Annette et Jean-Luc se laissèrent tout de même bercer par le charme vénitien.

Ils quittèrent l'exubérance de l'Italie du Nord pour aborder le monde balkanique beaucoup plus tourmenté. À Sarajevo, chacun photographia l'autre à l'endroit même où, cinquante-six ans plus tôt, le monde avait basculé, quand un certain Gavrilo Princip assassina l'héritier présomptif du trône d'Autriche, l'Archiduc François-Ferdinand de Habsbourg. Ça se passait le 28 juin 1914. À présent, les Bosniaques passaient et repassaient prestement, vaquaient à leurs occupations, parfaitement indifférents à ces deux jeunes étudiants français en mal d'histoire.

Aux intersections en étoile, des gendarmes tout de blanc vêtus, coiffés d'un casque colonial, étaient juchés sur de fragiles promontoires. Ils battaient des bras sur un rythme syncopé, soufflaient dans des sifflets à roulette. En vain. Le beau désordre de la circulation brouillonne et anarchique n'avait cure d'une quelconque autorité. Jean-Luc s'engagea dans ce souk pétaradant et hétéroclite en implorant Allah. Le minaret de la mosquée Ali Pacha dominait la rue en face d'eux.

À partir de Sarajevo, l'Europe n'avait plus grand-chose d'européen. Même s'ils possédaient quelques connaissances théoriques, – tous deux étudiaient dans le domaine de l'histoire et de la géographie politique –, ils furent surpris de se retrouver plongés dans un monde oriental. Ils avaient l'impression d'avoir atteint une ligne de fracture, la frontière tumultueuse entre l'Occident chrétien et l'Orient musulman. Les cinq siècles d'occupation ottomane avaient laissé leurs marques. Les minarets voisinaient les clochers. Les rutilantes *Mercedes* des vacanciers allemands assoiffés d'Adriatique côtoyaient des Opel vétustes, des Skoda austères et socialistes, ou des charrettes cahotantes aux quatre roues de bois cerclées de fer et tirées par des paires de bœufs. Les bikinis aux couleurs violentes et les minijupes provocantes contrastaient violemment avec les robes sombres des vieilles musulmanes qui ne soulevaient leur voile que pour cracher par terre. Les marchés de fruits et légumes en plein air, bourdonnant d'insectes, s'adossaient souvent aux murs de briques des supermarchés climatisés.

En fait, c'est en quittant l'ancienne capitale de la Bosnie-Herzégovine que l'Europe occidentale cédait le pas. Jean-Luc et Annette, ce jour-là, trouvèrent un camping à quelques kilomètres de la sortie de Sarajevo. Ils s'intégrèrent à un cosmopolitisme sans surprise constitué d'Allemands, de Hollandais, de Belges et d'Anglais à la peau plaquée de coups de soleil. Dès le lendemain, ils mirent le cap sur le Monténégro. La conduite sur ce qui était pompeusement appelé autoroute, représentait un cauchemar. Des entrelacs de ferraille calcinée, abandonnés çà et là, attestaient des drames de la route. Jean-Luc apprit à ne pas ralentir brusquement pour ne pas se faire emboutir par un poursuivant distrait, ou ayant négligé d'acheter l'option «freins» sur sa guimbarde. Il devint expert en slalom savant afin d'éviter les pneus éclatés, les bouts de bois tombés des bennes des camions, les pots d'échappement arrachés, et autant d'autres obstacles qui jonchaient la chaussée.

Il n'était pas rare de voir de vieilles voitures américaines arrêtées sur le bas-côté, le capot levé, laissant échapper un nuage de vapeur brûlante. Des familles turques entières se bousculaient autour du véhicule rétif qui aurait dû les amener faire fortune dans les grands centres industriels de l'Allemagne de l'Ouest. Ou alors, c'était le mois de vacances à Ismir ou à Ankara qui venait d'être compromis. Ali, Mohamed et les autres qui étaient restés au pays ne verraient pas, cette année, la belle grosse Chevrolet aux chromes légèrement défraîchis que Tahar avait réussi à se payer, en moins d'un an d'exil germanique. La misère tentait vainement de se dissimuler sous une opulence de pacotille, de gondoles en plastique argenté, de tours de Pise penchées en bakélite ivoire qu'on rapportait en cadeaux aux siens.

L'Europe en transhumance, au bout de quelques jours, se teintait d'un exotisme amer. Ils décidèrent de s'éloigner des grands axes routiers pour aborder la montagne avec ses routes de terre battue en lacets. Ils longèrent quelque temps la frontière albanaise et dépassèrent la capitale du Monténégro, Titograd. Deux ou trois ans plus tôt, Jean-Luc écoutait Radio-Tirana en français dans sa chambre d'étudiant, l'oreille collée à son transistor à deux heures du matin. Il s'abreuvait de l'orthodoxie marxiste albanaise, depuis que Tirana avait claqué la porte au nez des révisionnistes de Moscou pour se précipiter dans le giron chinois. Il évoqua ses souvenirs récents pour Annette qui découvrait que son compagnon avait brandi le *petit livre rouge* de Mao. Soixante-huit était passé par là et avait finalement fait tomber l'ardeur des étudiants, et un président. Quant à Jean-Luc, il voulait se rendre compte, sur le terrain, des bienfaits du socialisme. Pour l'instant, peu de choses l'avaient séduit. Il n'était pas dupe et savait fort bien que la Yougoslavie *tististe* constituait une zone tampon. Il comptait donc exercer son œil critique en Bulgarie, un des fleurons du marxisme soviétique.

Annette et lui profitaient des charmes fascinants de la montagne, où l'orage menaçait. De gros nuages noirs, comme d'immenses zeppelins fous, couraient sur un ciel électrique, prêts à exploser au moindre contact avec les pics. Çà et là, des maisons de bois et de torchis s'adossaient au flanc de la route. Une seule fausse manœuvre, et leur Renault aurait envahi un grenier, dans le meilleur des cas. Ils auraient pu se retrouver quelques centaines de mètres en contrebas, dans un torrent dont ils ne percevaient que le mince filet bouillonnant, dissimulé derrière un brouillard de poudrin qui envahissait la vallée. Les théories de voitures avaient totalement disparu pour laisser place à des mules montées par des paysans aux regards farouches. Quelques jeunes hommes taillés dans l'étoffe des *janissaires**. enfourchaient de petits chevaux nerveux. Les deux étudiants rencontraient encore quelques rares camions auxquels ils devaient laisser le passage après de longues marches arrières périlleuses pour trouver un espace de croisement. Des couronnes de fleurs mortuaires, fichées sur des pieux le long de la route, les intriguaient depuis un certain temps. Ils conclurent que c'était ainsi que les familles rendaient un dernier hommage aux victimes des hécatombes de la route. La fréquence de ces éphémères cénotaphes augmentait à mesure que la route raidissait. Un monde inhospitalier et beau...

Ils n'osaient trop s'éloigner de la voiture pour des séances de photographie ou de tournage en super 8. Ce pays, où il n'y avait pas si longtemps, on pendait encore des *haïduks** à des potences érigées à la croisée des chemins, incitait à la prudence. Annette avait pris soin de masquer sa féminité sous un jeans trop lâche, un polo ample, une casquette de coton. Elle présentait ainsi l'image d'une sorte de gavroche.

Peč était la prochaine ville et elle paraissait proche sur la carte. Cependant, l'inquiétude naissait, la jauge d'essence baissait, et le col n'était pas encore franchi, alors que Peč était dans la vallée. Aucun panneau indicateur ne mentionnait les distances. La route grimpait de plus en plus. Il fallait souvent monter en première. La consommation d'essence était impressionnante. Il n'était pas question d'abandonner la voiture pour aller chercher de l'essence en auto-stop. Il était également hors de question de se séparer et de laisser Annette seule à faire du pouce ou à garder la voiture. Il fallait, coûte que coûte, passer le col. Après, ça devait bien descendre aussi à pic que ça grimpait de ce côté-ci. Il serait toujours possible, bien que dangereux, de dévaler en roue libre. Ils s'arrêtèrent quelques instants pour laisser refroidir le moteur. Quatre ou cinq petites filles, en apparence craintives, mais aux frimousses espiègles, vinrent leur offrir des fraises des bois dans une grande feuille verte. Un goût délicat...

L'aînée du groupe imprima un mouvement de va-et-vient à son pouce, en demandant: «Dinar, dinar?» Elle fut imitée par les autres. Annette sortit son porte-monnaie et voulut distribuer quelques pièces. On lui fit vite comprendre que c'était de billets dont il était question. Elle refusa tout net. Les gamines laissèrent tomber leur marchandise par terre, prirent des poignées de terre qu'elles projetèrent sur la voiture. Annette fit semblant de les poursuivre en leur criant: «Bande de petites polissonnes». Elle s'arrêta d'un coup en apercevant un homme, une sorte de *spahi** aux larges braies sanglées à la taille qui la dominait du haut du talus.

«Viens, on s'en va», dit Jean-Luc.

La voiture progressait lentement. De jeunes garçons coururent derrière en quémandant des cigarettes, puis se découragèrent. Le col était là, à quelques dizaines de mètres. D'autres enfants, juchés sur la falaise où avait été entaillée la route, battaient des mains en signe de victoire. Jean-Luc leur répondit en agitant le bras en dehors de la vitre. Un caillou gros comme un œuf fut projeté sur le capot et rebondit en glissant sur le pare-brise. Puis ce fut un bout de bois. Deux bosses sur le capot. Les enfants agitaient toujours les mains et souriaient. Une grêle de gravier s'abattit sur le toit de la Renault. Jean-Luc repassa en première, accéléra à fond, enclencha la seconde et commença à dévaler rapidement vers la vallée. Il coupa le moteur. La descente était dangereuse, et il fallait éviter les vieux rochers bossus qui bombaient du dos sur la route, négocier des virages en épingle à cheveux sans le secours du frein moteur. De temps en temps, un caillou happé par un pneu percutait violemment le plancher de la voiture et résonnait comme un coup de canon. Les épinettes maigrichonnes défilaient à vive allure devant le pare-brise. Les flancs de la montagne, entaillés à vif, laissaient apparaître des dents de quartz blanc ou de vieux chicots noircis, qui n'auraient fait qu'une bouchée de cette voiture-esquif à la dérive dans un monde austère.

Peč leur apparut comme un oasis de calme et de paix. Ils purent faire le plein à la seule pompe à essence manuelle en échangeant des propos aimables avec le pompiste.

«Fransousis, ha! ha! Pariche. Brigitte Bardot. Général de Gaulle. Allons zenfants de la patrie...»

Un enfant, assis sur un vieux pneu, faisait résonner les deux cordes de son *rebab** fabriqué à partir d'un vieux bidon d'essence auquel il avait fixé un bout de manche à balai. Cette musique aigre et monotone devenait soudain douce et apaisante. La vallée était réconfortante. Annette fit provision de fruits dans un tout petit magasin logé dans un sous-sol de maison. Les différents fruits murs exhalaient leur parfums qui prenaient d'autant plus d'importance que tout était sombre et silencieux. La marchande, tout de noir vêtue et au visage d'albâtre, rajouta une belle pêche parce que le kilo n'était pas tout à fait atteint. Annette sortit un billet. La vieille femme lui fit signe d'ouvrir son porte-monnaie et préleva uniquement trois malheureuses piécettes.

Dehors, il faisait soleil...

Annette et Jean-Luc décidèrent de passer la nuit à Peč. Quand il demandèrent s'il y avait un camping, on leur offrit d'un geste de la main la vallée et la montagne. Il y avait fort peu d'espace pour monter une tente, même minuscule. Tout ce qui n'était pas roc était planté ou cultivé. Il trouvèrent tout de même un petit espace herbeux en contrebas de la route, tout près d'un petit ruisseau. Ils commencèrent à s'installer quand Jean-Luc, qui plantait les premiers piquets de la tente, releva la tête pour profiter du paysage qui s'offrait à lui. Sur le mur de pierres plates que soutenait la route, une mue de serpent de plus de cinquante centimètres brillait de toutes ses écailles.

«Annette, on ne dort pas là.

— Pourquoi? Qu'est-ce qu'il y a?

— Regarde!

— Oui, et alors?

— Tu n'as pas vu la peau de serpent?

— Oui, bien sûr. Ça signifie qu'il y en a un qui est passé par là.

— Je ne veux pas dormir en présence d'une bestiole comme ça.»

Annette ne semblait pas dérangée outre mesure par le passage d'un reptile qui s'était débarrassé de sa vieille peau comme d'une défroque inutile. Elle tenta de rassurer son compagnon.

«Ce n'est pas parce qu'il est passé par là qu'il va revenir.

— Justement si, je suis sûr que son trou se trouve entre les pierres du mur.

— Bon, écoute Jean-Luc, c'est possible mais pas certain. En plus, c'est de toute évidence une couleuvre inoffensive.

— Qu'est-ce que t'en sais?

— D'accord. Je n'ai pas envie de m'obstiner, on ira dormir ailleurs, mais on va bouffer ici. C'est magnifique.»

Salade de riz et de thon aux tomates, et une livre de pêches juteuses pour dessert. Un thé à la menthe fraîchement cueillie. À la fin du repas, un petit garçon et une petite fille s'approchèrent timidement. Ils restèrent à bonne distance, plantés là, curieux. Le garçonnet, plus jeune, arborait une superbe coulée de morve qui lui fendait la lèvre supérieure. Sa sœur l'essuya avec un coin de sa robe. Annette leur fit signe de s'approcher. Elle offrit à chacun une gomme à mâcher. Leurs yeux pétillaient. Une femme les héla. Ils déguerpirent comme une envolée de moineaux. Arrivée près de sa mère, la fillette plongea la main

116

dans sa bouche et exhiba sa gomme au bout des doigts. Annette lui fit un signe de la main. La petite répondit. Sa mère eut un geste amical, plus timoré. Le petit frère resta indifférent.

La soirée avançait. Jean-Luc, assis à terre et adossé au pare-chocs de la voiture, lisait à la lumière des feux de position. Annette revenait d'une balade le long du ruisseau et lançait un à un des graviers dans l'eau limpide et froide.

«Il faudrait penser à trouver un endroit où camper, il fait presque nuit, à moins que tu ne veuilles bien rester ici...»

Jean-Luc se leva. Ils rembarquèrent ustensiles et victuailles et partirent. La montagne les absorba immédiatement. C'était difficile de trouver un espace propice à l'établissement d'un bivouac. En désespoir de cause, ils jetèrent leur dévolu sur l'entrée d'un champ planté de jeunes arbres fruitiers. Des pêchers?... Une vieille paysanne, noueuse comme un sarment de vigne, grimpait le raidillon rocheux qui devait monter à sa demeure qu'on ne voyait pas. Elle répondit par un imperceptible hochement de tête, au bonsoir chaleureux des deux étudiants. La nuit était très belle, l'air pur. Des constellations d'étoiles parsemaient l'infini. Peu à peu, l'oreille s'habituait au silence et percevait le bruissement de la nuit, le ruissellement du petit torrent au loin, le vol lourd d'un lucane. Puis le serein tomba, mouillant la tente. Annette et Jean-Luc s'engouffrèrent dans leur minuscule abri. Ils se collèrent l'un à l'autre pour se réchauffer. Ils firent l'amour. Le sommeil vint, profond.

Au lever du jour, quand l'horizon rosissait à peine et que les étoiles pâlissaient, ils furent réveillés par un paysan. Les salutations matinales étaient vraiment très matinales. Jean-Luc sortit à demi de son sac de couchage, fit glisser la fermeture de la tente pour répondre. Il faillit se blesser aux pointes d'acier acérées d'une fourche à deux dents. Un paysan en colère le tenait en respect au bout de sa fourche à faner.

«Nom de Dieu de pays de con, grommela-t-il.

— Que se passe-t-il?, s'inquiéta Annette.

— Bouge pas. Pas de panique. Je vais sortir tranquillement.»

Jean-Luc avança lentement. La fourche pointée sur sa poitrine suivait tous ses mouvements. Le paysan lui fit signe de se tasser sur le côté. Jean-Luc obéit. Il était particulièrement vulnérable, entièrement nu, debout dans l'herbe humide et glaciale, à deux centimètres d'être embroché, comme un vulgaire chapon à l'étal d'un boucher.

Le paysan fit comprendre que l'autre occupant de la fragile tente de coton devait aussi sortir.

«Annette, mets quelque chose sur ton dos et sors tranquillement.»

Annette sortit vêtue d'une robe de chambre. Le paysan sembla moins agressif. Il leur fit signe de plier bagage et de déguerpir. Jean-Luc récupéra son jean et un vieux polo et commença à démonter.

«Je ne te l'aurais pas bouffé ton champ, sale con. J'ai même fait attention de ne pas bousiller une seule feuille de tes arbres à la noix.

— Arrête de grogner, il ne te comprend pas, interrompit Annette.

— Je sais bien, mais ça me fait du bien. Putain de merde, la tente va être toute mouillée par la faute de cette espèce d'enfoiré. T'as vu l'heure! Quatre heures du mat et on est en vac... Putain de pays d'enculés.

— Bon. Arrête là. Si lui ne te comprend pas, moi, je te supporte et là tu dépasses les limites. C'est pas lui qui t'a demandé de venir ici. Il est chez lui. Tu es dans son champ. Il n'est peut-être pas hospitalier, mais il est chez lui.

— Excuse, Annette... Mais me faire lever avec une fourche sous la gorge, à quatre heures du matin, ça me fout de mauvais poil.»

Ils battirent des records de vitesse pour tout enfourner dans le coffre et sur la banquette arrière de la Renault. Le paysan les avait déjà quittés. En descendant, ils le rencontrèrent en compagnie de la vieille femme de la veille.

«La salope... Elle aurait pu nous le dire, hier soir, qu'on ne pouvait pas camper là. On serait allés ailleurs.

— Tu n'en sais rien, Jean-Luc. Pour elle, ce n'était peut-être pas important qu'on campe dans son champ. Lui, il ne voulait pas qu'on brise ses pêchers.

— Qu'est-ce qu'on fout maintenant?

— On va trouver un endroit tranquille, pas loin, pour reprendre une ou deux heures de sommeil, dans la voiture.»

Il y avait peu d'endroits permettant un isolement, isolement d'ailleurs bien relatif. Ici et là, il y avait des panneaux routiers illustrant des appareils photographiques barrés d'un x. Ils ne les virent pas, ou n'y prêtèrent pas attention.

Ils réussirent à se garer à quelques mètres de la route, sur un terre-plein. Ils se saucissonnèrent, chacun dans son sac de couchage. La fin de la nuit était froide, et la séance pieds nus dans l'herbe humide n'avait pas contribué à les réchauffer. Ils firent basculer les dossiers des sièges et somnolèrent tant bien que mal.

Le soleil se leva rapidement et la voiture devint vite une serre surchauffée. Ils suaient dans leurs duvets. Jean-Luc fit glisser le sien sous les pédales et prit la position

119

fœtale pour limiter l'inconfort. Annette ronflait.

«Annette, tu ronfles.

— Fous-moi la paix. Je dors. Tu n'arrêtes pas de bouger. Ce que tu peux être chiant, quand tu t'y mets. Quand Monsieur n'a pas son petit confort, il emmerde le monde entier. Bourgeois. Tu pouvais bien brandir le *petit livre rouge*. Révolutionnaire d'opérette.

— Bon, la ferme, là. Je veux dormir. T'as bouffé du lion ou quoi?

— Non, mais tu m'emmerdes depuis tout à l'heure.»

Ils se rendormirent. Jean-Luc ronflait. Annette ne dit rien.

Un coup retentit sur le toit de la voiture, suivi de deux ou trois autres. Des cris succédèrent à ce vacarme.

«Putain de merde, qu'est-ce qui se passe encore?

— Regarde», dit Annette en désignant le militaire.

Un troufion, arme en bandoulière, montrait un panneau «interdit de photographier» et une clôture grillagée qui devait protéger l'arsenal titiste des curieux. Ils s'étaient arrêtés dans l'entrée d'une base militaire et leur auto bloquait l'accès à la jeep d'un quelconque général qui attendait assis droit comme une baïonnette, à la place du copilote.

Ils se regardèrent et éclatèrent de rire. Le jeune militaire resta interdit. Leurs rires redoublèrent. Le bidasse, ne comprenant vraiment rien à la situation, cherchait une contenance à la hauteur de sa fonction, d'autant plus que l'œil du général le surveillait. Il grimaça un timide sourire. Jean-Luc démarra.

«Ce n'était pas notre nuit», constata-t-il.

Annette riait encore, incapable d'oublier l'air ébahi de l'ordonnance, qui ne devait pas rigoler tous les jours dans sa caserne.

Si la journée avait commencé par une série d'événe-

ments riches en contrariétés, elle se poursuivit calmement.

En fin d'après-midi, ils avaient abandonné les routes
de haute montagne pour rejoindre les grands axes routiers
encombrés d'un matériel roulant hétéroclite et bigarré.
Une visite rapide à Niš, un frisson d'horreur devant la
Tour. Souvenirs de guerres particulièrement sauvages.
Au début du dix-neuvième siècle, les Turcs avaient
décapité tous les soldats d'un chef local qui défendaient
le lieu et avaient construit une tour de leurs crânes. Des
centaines d'orbites vides contemplaient ainsi éternelle-
ment des légions de touristes vêtus de bermudas chamar-
rés et portant leur Minoltas en bandoulière.

La sagesse conseilla aux deux voyageurs de se mettre
à la recherche d'un camping. Il prirent la direction de
Pirot et délaissèrent donc L'AUTOROUTE PARIS-CALCUTTA qui
n'était en réalité qu'une route à trois voies, la voie du
centre servant en pleine accélération aux collisions fron-
tales. La route de Pirot commandait aussi une des portes
d'entrée en Bulgarie, via la Turquie. Elle était assez
achalandée pour qu'on eût pensé à implanter un camping, quelque part en bordure. Le paysage, bien que
toujours montagneux, était moins tourmenté et laissait
place aux terrains cultivés et aux pacages. Les cohortes
de voitures, moins denses, serpentaient plus calmement.
Jean-Luc suivait une Cadillac blanche, au luxe ostentatoire, immatriculée en Belgique. Un coupé Peugeot 204
piloté par un Parisien vint se glisser entre la grosse
américaine et la petite Renault.

«Toujours pressés les Parisiens, commenta Jean-Luc.
Il faut reconnaître que le grand-père se traîne le cul dans
sa péniche.»

La 204 doubla de nouveau.

«Je reste derrière.»

Annette répondit par un hochement de tête, elle cherchait l'indication d'un camping sur sa carte touristique.

Le flot de la circulation stoppa brusquement. Plus une seule voiture n'arrivait en sens inverse. Jean-Luc sortit. Annette suivit. Devant la Cadillac et en sens opposé, il y avait une Fiat rouge à la calandre éventrée. Un ruisseau fumant s'échappait du radiateur et se frayait un chemin sur le macadam inégal. Un attroupement s'était déjà constitué au bord du fossé. Les deux étudiants se joignirent au groupe. Le coupé Peugeot avait l'avant piqué dans le talus. Le couple de passagers avaient été éjectés par le pare-brise. Ils gisaient par terre, couverts de sang.

«Vous êtes les Français qu'on a doublés tout à l'heure? demanda la femme.

— Oui, comment ça va?», s'enquit Annette.

Les deux accidentés étaient conscients. Ils ne semblaient pas souffrir d'hémorragie externe manifeste, mais de multiples petites blessures causées par l'explosion du pare-brise en millions d'éclats de verre. Ils avaient mal partout et ne pouvaient guère se mouvoir.

«Prenez notre argent et nos papiers dans la boîte à gants, sinon on va se faire voler», demanda le jeune homme. C'est ce que fit Jean-Luc.

Annette, elle, se précipita vers la Cadillac des Belges. Le conducteur, cheveux gris, complet de flanelle gris et chevalière en or, fit descendre sa vitre électrique.

«Il y a deux Français qui sont blessés, nous n'avons pas assez de place dans notre Renault. Nous avons croisé un panneau qui indiquait un hôpital tout près. Pouvez-vous les prendre à bord?»

L'épouse du chauffeur fit signe de remonter la vitre et de partir. Annette bondit en arrière pour ne pas être bousculée par l'imposante voiture qui se fraya un passage parmi les badauds. Annette rejoignit son compagnon et il fut décidé de jouer de prudence. Les deux Parisiens resteraient allongés le temps nécessaire pour aller chercher une ambulance à l'hôpital situé à quelques centaines de mètres de là.

En fait d'hôpital, c'était plutôt une infirmerie ou un dispensaire de campagne. Les deux étudiants y repérèrent un individu en blouse blanche avec un stéthoscope qui pendouillait d'une de ses poches.

«Vous parlez français?

— ...

— You speak english?

— ...

— ¿ Habla usted español?

— ...»

Jean-Luc, avec de nombreux gestes, lui expliqua qu'il y avait eu un accident.

«Autopista, boum, Peugeot, Fiat.»

Il simula la forme de deux corps allongés à terre pour signifier qu'il y avait deux blessés.

«Vroum, vroum. Pimpon. Ambulance.»

Le fonctionnaire leur fit comprendre qu'il ne disposait pas d'une ambulance. Jean-Luc l'invita à le suivre en le tirant par la manche.

«Annette, tu vas rester ici. On débarque notre barda dans l'entrée. Ils ne nous voleront pas. J'embarque le toubib et on ramène les Parisiens.»

L'homme en blanc refusa de monter dans la voiture. À bout de patience, Jean-Luc entonna un chapelet de jurons. L'homme de médecine demeura de marbre.

Jean-Luc démarra rageusement. Les pneus crissèrent sur le gravier.

«Piano, piano. Je n'ai pas envie qu'il y en ait deux

autres dans le fossé, tempéra Annette.»

En bloquant le klaxon et en actionnant alternativement les phares, ils réussirent à se frayer un chemin entre les voitures et les badauds de plus en plus nombreux. C'était décidé. Annette resterait sur le lieu de l'accident pour garder les bagages qu'on enlèverait pour faire place aux blessés. Ils n'avaient pas le choix, il fallait prendre le risque de les bouger en espérant qu'ils n'aient pas une fracture dangereuse. À l'endroit de l'accident, ils forcèrent le passage. L'attroupement était très dense. Les curieux ne voulaient pas se déplacer. Ils finirent par accéder à la 204 accidentée. Les deux blessés avaient disparu... L'empreinte de leur corps était bien visible. Sans doute encore toute chaude, comme dans un ressui de fauves tout juste abandonné.

Ils interrogèrent la foule autour d'eux dans l'indifférence et l'incompréhension générales.

«On retourne à l'hôpital de campagne», ordonna Annette.

Les deux Parisiens étaient allongés, côte à côte, sur deux petits lits de fer blancs. Un Yougoslave les avait transportés à bord de sa voiture. La jeune femme avait déjà la tête entourée de bandelettes. Son élocution était laborieuse. Les mots n'arrivaient pas à sortir de ses lèvres sanguinolentes qui avaient doublé de volume. Le médecin, à présent, semblait bien s'occuper du jeune homme.

Monsieur et madame Neveu venaient de mettre fin à leur voyage de noces à Istambul. Ils chargèrent Jean-Luc d'aller fermer leur voiture, de récupérer les clefs, de prendre des photos de l'accident, si la Fiat n'avait pas été changée de place. Il fallait démontrer à leur assureur, au retour, que la Fiat dépassait la ligne médiane. Ils auraient besoin de ces preuves pour leur assureur, une fois revenus en France.

Quand Jean-Luc fut de retour, il proposa de rester avec eux en compagnie d'Annette. Les rescapés allaient mieux, les blessures étaient visibles mais mineures.

«Est-ce qu'on peut faire quelque chose?», demanda Annette.

Loïc et Jacqueline Neveu devaient rejoindre, en Bulgarie le soir même, un autre couple qui faisait le voyage avec eux vers Istambul. Il fallait les prévenir avant le lendemain matin. Les deux couples étaient des amis d'enfance et s'étaient mariés le même jour. Ils avaient programmé un voyage de noces à quatre. Il n'y avait que leurs congés qu'ils n'avaient pu harmoniser tout à fait. Les deux autres étaient en Bulgarie depuis presque deux semaines déjà. Le dernier point de contact, avant la frontière turco-bulgare, était à Botevgrad, chez une vieille dame, professeure de français. Annette et Jean-Luc passeraient donc la frontière bulgaro-yougoslave en fin de journée.

Après quelques kilomètres de conduite laborieuse, la maîtrise dont avait fait preuve Jean-Luc tomba. Il se retrouva mou, sans volonté.

«J'ai l'air ridicule, hein?, demanda-t-il à Annette.

— Non pas du tout. Je t'ai trouvé efficace. Tant qu'on a eu besoin de toi, tu as été présent. Souffle un peu... On va s'arrêter.»

Le soir était magique. Des nuages de moucherons microscopiques dansaient comme une fine dentelle, poussée par un vent chaud, et se découpaient dans les derniers rayons du soleil qui jouaient à cache-cache sur le dos de collines arrondies. Jean-Luc et Annette s'allongèrent dans l'herbe qui sentait bon. La terre était humide et chaude, réconfortante. Le plus bel instant de la journée allait s'épanouissant en une diversité de couleurs, d'odeurs et de sons. Dans le pré voisin, dont ils étaient séparés par un ruisseau, un troupeau de moutons se déplaçait lentement, accompagné par les tintements graves de dizaines de clochettes de tôle. Un vieux berger les surveillait du haut de ses échasses de bois.

Jean-Luc se releva.

«Je vais à l'auto prendre mon appareil photo.

— Laisse. Ne romps pas la beauté de l'instant», plaida Annette.

Ils demeurèrent tapis dans l'herbe, faisant corps avec le sol, émerveillés. La lumière rasante agrandissait démesurément l'ombre de l'échassier.

Le temps était divin, ils auraient aimé le retenir, l'arrêter pour s'y prélasser, pour s'en délecter.

Le berger fut surpris de leur présence. Ils lui firent des signes amicaux. Il répondit. Son sourire édenté était chaleureux. Ils crurent déceler une lueur de complicité dans son regard. Puis, il partit avec son troupeau. Bien vite, l'écho des clochettes mourut. Annette et Jean-Luc se retrouvèrent seuls.

Ils s'installèrent pour le repas du soir, firent le point sur la carte et inscrivirent sur un bloc-notes tous les lieux où ils devaient passer. Le bruit sourd de la circulation leur rappelait la route et, s'il n'avait fallu se rendre à Botevgrad, ils auraient campé là. Le paysage était beau, serein et accueillant. Les gens devaient l'être aussi.

II

Le passage de nuit à la frontière bulgare, dont ils appréhendaient les tracasseries administratives, se révéla très facile. Un douanier qui parlait français leur demanda par routine s'ils n'importaient pas de denrées prohibées. Ils répondirent non, sans savoir ce qui pouvait bien être prohibé. Après avoir inspecté pour la forme la voiture à la torche électrique, et ce, à plus de trois mètres, un deuxième douanier fit signe que tout était parfait. Avant de partir, les deux voyageurs vérifièrent, avec l'aide du personnel du poste frontière, leur itinéraire vers Botev-grad.

«Faites attention. Les routes, de nuit, sont dangereu-ses. Maintenant, vous prenez la direction de Sofia et après Kalotina, vous allez à gauche. C'est indiqué Mihajlov-grad. À un autre croisement, vous allez encore voir Mihajlovgrad mais vous n'y allez pas, vous allez vers Svogé. Et encore après, c'est la direction de Jablanica...»

Les deux jeunes Français étaient incapables de repérer sur la carte les villes et les villages qu'énonçait le doua-nier. Ils demandèrent à s'installer à la lumière, carte en main, sur la table du poste de police. Ils purent ainsi visualiser leur itinéraire et noter toutes les indications.

À quelques centaines de mètres du poste frontière, un immense panneau indiquait Sofia.

«On est dans la bonne direction», déclara fièrement Jean-Luc.

Annette sourit. Le nom de la capitale bulgare était écrit sous les deux alphabets, le latin et le cyrillique. Annette soupçonna, à partir de cet instant, que les indications routières ne fussent plus libellées qu'en cyrillique. Vu l'heure tardive, il devait être impossible de se procurer des cartes touristiques écrites sous les deux formes. Les kiosques de Balkan-Tourist étaient fermés. Au croisement indiqué par les policiers, un grand panneau de béton énumérait cinq ou six directions, toutes en cyrillique uniquement. Jean-Luc effectua quelques manœuvres pour bien éclairer les indications. Ils recon-nurent Mihajlovgrad. C'était le nom le plus long. Annette s'installa sur le capot de la voiture, écrivit le nom en latin et au-dessous en cyrillique puis fit correspondre les lettres.

Ça ne tombait pas juste, mais ça donnait une bonne approximation. Elle répéta la même opération avec Sofia.

«Brillante, la petite. Tu es sûre que ton grand-père ne s'appelait pas Champolion?», ironisa Jean-Luc pour se redonner un peu de courage.

À la lumière du plafonnier et tout en roulant, ils révisèrent leur alphabet, ou du moins les premiers déchiffrements qu'ils avaient opérés. Chaque croisement était l'occasion de mettre en application les rudiments de leur nouvelle science.

Les routes bulgares étaient mauvaises et, dans le noir complet, ils ne pouvaient éviter les nids de poule. Les amortisseurs cognaient contre la carrosserie. Leur matériel de cuisine et de camping, mal stabilisé, jouait un concert de cymbales.

Tous les villages étaient plongés dans l'obscurité. Dans les plus importantes bourgades, une ou deux ampoules électriques nues parvenaient à peine à déchirer la nuit épaisse. En rase campagne, il était impossible d'appréhender le paysage. Les phares ne perçaient pas les boisés, ne balayaient que la frange rapprochée des clairières et n'effleuraient que timidement la façade de quelque maison isolée.

À la sortie d'un petit village, s'offrait le choix entre cinq routes. Aucune indication. Jean-Luc empoigna sa torche électrique pour voir si un panneau n'avait pas été arraché et posé à terre. Rien. Ils firent un bout de chemin sur chacune des trois routes qui leur semblaient possibles. Rien. Pour la troisième fois, ils revinrent sur leurs pas. Plus d'une demi-heure plus tôt, en entrant dans le village, ils se souvenaient avoir remarqué une lumière. Ils retraversèrent le village.

Jean-Luc pénétra dans ce qui se révéla être un café assez rustique. Un épais brouillard de fumée de tabac stagnait dans toute la pièce. Ça sentait la bière. Nombre d'hommes étaient debout. Certains semblaient visiblement soûls. Les conversations cessèrent. Tous les regards convergèrent vers le visiteur. Jean-Luc demanda: «Botevgrad?» Tout le monde parla en même temps. Un raz de marée de syllabes incompréhensibles. Au fond du bistrot, à l'unique table, un solide gaillard mal rasé lui fit signe de s'approcher. Jean-Luc hésita. L'homme se leva en poussant sa chaise qui tomba bruyamment sur le carrelage poisseux. Il insista d'un geste du bras qui n'admettait plus de refus. L'homme fit lever un jeunot pour qu'il cédât sa place. L'homme demanda à Jean-Luc: «Pivo?» Jean-Luc répondit: «Botevgrad?» L'homme fit comprendre qu'il n'en avait rien à faire de Botevgrad et cria: «Pivo!» On apporta une bière à Jean-Luc. Les autres hommes attablés désignèrent du doigt la bouteille de bière, en répétant à tour de rôle: «Pivo... Pivo... Pivo... Pivo...»

Jean-Luc sourit, sortit sa pipe, la bourra. Une odeur parfumée de tabac hollandais adoucit l'air âcre. Il tendit sa blague à un homme. D'un seul coup, de nombreuses pipes sortirent des poches. Jean-Luc fit signe de faire circuler son tabac. Il refusa qu'on le lui rendît en montrant qu'il en avait un autre en réserve. La pièce fut envahie par le parfum sucré du *Clan*. On lui demanda si c'était du tabac français. Il fit signe que non, mais ne put expliquer que le tabac était hollandais. On insista pour savoir d'où venait ce tabac. Il finit par dire que oui, c'était du tabac français.

Annette, toujours dans la voiture, surveillait cet endroit où il lui semblait régner une activité intense...

Jean-Luc but rapidement sa bière et questionna de nouveau: «Botevgrad?» On lui apporta une deuxième bière. Il commença à la siroter tout en prenant sa première leçon de bulgare. Ses hôtes désignaient différents objets en donnant leur nom. Jean-Luc répétait. On lui demanda la traduction en français. Les hommes répétaient aussi avec force éclats de rire. Jean-Luc montra sa montre et dit: «Botevgrad, Botevgrad, Botevgrad» tout en frappant la vitre de sa Timex de l'index. L'homme se leva. Les autres échangèrent des poignées de main avec Jean-Luc. L'homme l'accompagna et lui mit sa bouteille de bière à peine entamée dans les mains.

Annette vit apparaître Jean-Luc, dans l'embrasure de la porte, une bière à la main et la pipe au bec, suivi d'un géant qui voulait monter dans la voiture.

Annette se glissa sur le siège arrière, entre la tente mal pliée et encore humide, et les sacs de couchage. Quand le Bulgare s'assit, la voiture s'affaissa et resta toute de guingois. L'homme rit et fit signe d'avancer.

«Tu en as mis du temps. Qu'est-ce qu'il veut? Qu'est-ce que tu faisais?

— Bon, une seule question à la fois.»

Jean-Luc expliqua ce qui s'était passé, qu'il avait dû prendre deux pivos. L'homme désigna la bière que Jean-Luc tenait entre ses cuisses sur le siège et dit «Pivo» en souriant.

«Quant à ce qu'il veut... Tu peux toujours le lui demander. Moi, j'en sais rien. Remarque que j'ai deux hypothèses, ou il veut se faire conduire quelque part, ou il a décidé de nous mettre sur le bon chemin.»

Au bout d'une dizaine de minutes, l'homme fit signe de s'arrêter. Un panneau, avec une flèche indiquant Botevgrad, apparut dans le faisceau des phares. L'homme descendit. Jean-Luc proposa de le ramener au café, il refusa et disparut dans la nuit. Il était une heure moins dix.

Vers trois heures du matin, le panneau annonçant l'entrée de Botevgrad apparut dans la lumière des phares.

Le hasard les favorisa. Le premier endroit où ils s'adressèrent pour demander leur chemin s'avéra être un poste de police. L'un des deux policiers de garde monta dans la voiture des étudiants et les dirigea vers le numéro 72 de la rue Lénine, où devait résider madame Radka Atanasova, professeure de français à la retraite. Très rapidement, il arrivèrent devant le 72. Le policier réveilla trois ou quatre maisonnées. On parlementa beaucoup. Le nom de Radka Atanasova revenait régulièrement comme un havre pour l'oreille, dans un flot de syllabes aux sonorités inconnues. Malheureusement, il fallut se rendre à l'évidence. Personne ne connaissait Radka Atanasova. Le policier, de nouveau assis à la place du copilote, ordonna d'avancer. La nuit se diluait et on sentait que l'aube ne tarderait pas à poindre. La voiture solitaire longea une petite rivière qui séparait la ville en deux, franchit un pont et revint en sens opposé sur l'autre quai. Le policier exigea de rouler au pas. Il scrutait intensément les façades endormies des immeubles bas. Les deux étudiants eurent le sentiment de participer, bien involontairement, à une patrouille de nuit. Un buisson se mit à bruire et à s'agiter derrière un portail en fer forgé rouillé et à demi ouvert. Le policier fit stopper la voiture et en descendit. Un chien s'enfuit en grognant, emportant avec lui son butin prélevé dans une poubelle renversée. Le policier héla le nom de Radka Atanasova dans la direction d'une façade de magasin. Le son de sa voix fit écho. Une fenêtre à l'étage s'éclaira à travers les volets à jalousies. Les gonds grincèrent. Une femme imposante se pencha à la fenêtre et apostropha le policier. L'échange fut extrêmement bref. Le policier fit signe aux étudiants de sortir de la voiture et lui, il poursuivit son chemin à pied. La grosse dame était déjà sur le trottoir. Elle prit Annette par les épaules, lui appliqua un vigoureux baiser à la russe, et ce fut ensuite au tour de Jean-Luc. Il eut juste le temps de voir que l'imposante personne arborait une légère moustache frisottée et noire, avant de sentir le contact de ses lèvres mouillées sur les siennes.

«Comme ça, c'est vous les jeunes mariés. Bienvenue à Botevgrad. Entrez. Vous êtes chez vous. Vos amis sont partis hier soir, mais ils vont vous attendre à Tirnovo.»

Annette finit par expliquer à madame Radka Atanasova qu'ils n'étaient pas mariés, que les vrais mariés avaient été victimes d'un accident de la route et qu'ils étaient dans une infirmerie de campagne en Yougoslavie.

«Vous n'êtes pas ceux que j'attendais, mais vous êtes les bienvenus. Prenez vos valises. Je vous invite.»

Concernant les difficultés qu'ils avaient éprouvées à trouver son adresse, rien d'étonnant, expliqua madame Radka. Avant la déstalinisation des années soixante, il y avait un boulevard Lénine à droite de la rivière, et un boulevard Staline sur la rive gauche. Depuis la condamnation de Staline, il y avait deux boulevards Lénine et deux numéros 72, parce qu'on n'avait rien changé aux numéros civiques. «C'est ça, les socialistes, conclut-elle, ils font les choses à moitié.»

L'appartement de madame Radka était surchargé de meubles encombrés de bibelots de toutes sortes et de toutes provenances. De vieux *Paris Match* et des lettres s'empilaient sur un petit secrétaire de bois sculpté. Madame Radka semblait tout heureuse de s'être fait réveiller aux petites heures du matin par deux Français. Elle avait si peu l'occasion de parler cette langue. C'était pour elle une bouffée de liberté qui venait d'entrer dans son appartement. Jean-Luc apprit qu'elle conservait de vieux numéros de *Paris Match* parce que la revue était interdite, elle y contemplait souvent les photos de mode. Jean-Luc alla chercher le dernier exemplaire du *Nouvel*

Obs qui traînait dans la voiture et le lui offrit. La revue de la gauche intellectuelle française présentait moins d'intérêt pour elle; l'hebdomadaire, illicite comme l'autre, alla tout de même rejoindre la pile. Radka racontait. Elle semblait disposée à s'approprier le reste de la nuit pour confier aux deux Français ce qu'elle ne pouvait dire au grand jour dans sa langue. Elle évoquait le souvenir de son mari décédé depuis deux ans. Avant que les communistes n'envahissent la Bulgarie, il avait été un avocat célèbre et riche... Rien ne pouvait tarir ce déluge de confidences, pas même le fait d'aller quérir une bouteille de Raki, une eau-de-vie de prune, qu'elle servit à ses hôtes dans de minuscules verres à la dorure défraîchie. Elle prétendait que les communistes lui avaient volé la moitié de SA maison, pour y installer, au rez-de-chaussée, une boucherie d'État. Selon elle, la boucherie était tout juste bonne à entretenir les souris et les rats qui pullulaient dans les poubelles jamais vidées. Quant à ce qu'on y vendait, ce n'était même pas la peine d'en parler... On n'y trouvait que des abats, les bons morceaux étaient envoyés aux Russes qui étaient incapables de se nourrir eux-mêmes. Elle lapa son eau-de-vie d'un trait, grimaça d'aise, se resservit et combla les deux autres verres à peine entamés. Elle expliqua QU'ILS voulaient la faire partir par toutes sortes de moyens et de pressions, mais elle ne quitterait pas SA maison pour aller habiter dans des cages à lapins pour ouvriers. Elle prit aussi le temps de leur raconter que sa demande d'autorisation pour partir en croisière sur la Méditerranée avait été refusée. La police avait peur qu'elle en profite pour se réfugier à l'Ouest. C'était ridicule. Bien qu'elle possédât un compte bancaire en Suisse et qu'elle eut des amis à Paris prêts à l'accueillir, elle se savait trop vieille maintenant. La police devait bien s'en douter. L'entêtement dont faisaient preuve les autorités à refuser sa demande n'en était que plus odieusement mesquin. Elle referait des demandes jusqu'à gain de cause.

Annette bâilla.

«Vous êtes fatigués, vous voulez dormir. Excusez-moi, j'avais un pressant besoin de parler.»

Elle déplia un lit de camp entre le secrétaire et la table de la salle à manger pour Jean-Luc. Annette dormirait avec elle.

Quelques heures plus tard, Jean-Luc fut réveillé par un bruit de casserole et une bonne odeur de café. Annette était déjà levée et se brossait les dents devant l'unique évier-lavabo de la maison. Madame Radka leur préparait une omelette avec deux œufs, c'était tout ce qui lui restait. Elle ne pourrait s'en procurer avant la semaine suivante au marché d'État. Elle proposa, pour l'après-midi, d'aller faire un tour en montagne où elle avait des amis fermiers.

Le petit réchaud à gaz tomba en panne. Radka accusa une fois de plus le système socialiste. Elle en était certaine, c'était une panne voulue. «Ceux du dessous ne m'aiment pas et les policiers ferment les yeux. Ils sont trop contents.» Elle irait protester dès ce matin et demanderait qu'un ouvrier de la compagnie du gaz vienne vérifier son branchement. Finalement la flamme reprit, jaune et vacillante, noircissant la poêle à frire.

Après le petit déjeuner, Radka, suivie des deux étudiants, alla à la poste pour envoyer un télégramme au poste frontière de Tirnovo, afin de prévenir l'autre couple de Français de ne pas attendre leurs amis qui comptaient rentrer directement en France, à la suite de leur accident en Yougoslavie. La plume-sergent-major, que Radka trempa dans un encrier de porcelaine blanche pour rédiger le télégramme, ressuscita chez Jean-Luc des souvenirs datant de la petite école.

Le dernier été balkanique

Les deux étudiants n'accompagnèrent pas Radka dans les bureaux de l'hôtel de ville, quand elle alla protester contre les pannes de gaz. Ils firent un tour de ville à pied. De prime abord, le socialisme ne leur parut pas aussi noir que le tableau peint par leur hôtesse. Bien sûr, l'opulence de l'Ouest avait cédé, pour faire place à une austérité omniprésente. Les épiceries étaient ternes, on n'y vendait que l'essentiel, mais à des prix ridiculement bas pour des touristes. Les vitrines des rares magasins de vêtements, où on avait planté des mannequins bancals et mal attifés, prêtaient à sourire. Jean-Luc et Annette comprirent alors pourquoi Radka rêvait devant de vieilles photos de mode. Mais était-ce là l'essentiel? L'essentiel ne résidait-il pas plus dans ce qu'ils avaient remarqué d'emblée? Dans un certain plaisir de vivre ou plus exactement une certaine nonchalance souriante qui émanait des personnes rencontrées. Quand les deux étudiants discutaient entre eux, parfois un passant leur demandait d'où ils venaient.

«Roma? Berline? Pariche?

— Da Pariche», répondait Annette ou Jean-Luc. Alors, des sourires accueillants s'épanouissaient.

Ils ne firent pas état de leurs réflexions à Radka qui, pour dîner, leur prépara une soupe bulgare à base de yogourt et de concombres tranchés finement, additionnés de noix, d'un filet d'huile d'olive et d'une pincée de fines herbes. Trois boulettes de viande hachée, mélange de porc, de bœuf et de veau, accompagnées d'une sauce au piment rouge fut l'essentiel du plat principal qu'on accompagna de pain pour tremper dans la sauce. À la fin du repas, on reprit quelques gorgées de Raki. Quand ils demandèrent comment avaient été accueillies les requêtes de Radka auprès des différents services municipaux, elle s'assombrit. On ne pouvait réparer le gaz avant quinze jours et elle ne pourrait sortir du territoire cette année. Elle avait fait trois croisières en dix ans, il fallait laisser la place à d'autres. Depuis quelques années, elle affirmait qu'elle sentait les mailles d'un filet invisible se resserrer autour d'elle. Ce fut d'abord la moitié de sa maison, puis les tracasseries administratives se multiplièrent. Elle tiendrait bon. Ils n'auraient pas l'autre moitié de sa maison. Jamais elle ne vendrait. Avant le décès de son mari, ce n'était pas comme ça. L'avocat Atanasov avait rendu de fiers services à des communistes, pendant la guerre, alors que la Bulgarie avait basculé dans le clan germanique. Elle n'avait plus cette carte dans son jeu, mais elle tiendrait tête. Elle connaissait une grande partie des responsables locaux du parti, des incapables promus aux lendemains de la guerre. Plus elle racontait, plus elle s'enflammait.

En début d'après-midi, ils partirent vers la montagne. Très rapidement, ils laissèrent la route asphaltée pour sillonner des voies secondaires bordées de petites habitations de pierres sèches, assises au beau milieu de parterres de rosiers. Ils devaient fréquemment s'arrêter pour céder le passage à des troupeaux d'oies qui cancanaient sur la route. Des femmes tout en noir filaient, assises dehors sur des caquetoires bas, aux dossiers sans fin et malingres. D'autres enfilaient une à une des feuilles de tabac sur de grands séchoirs faits de triques reliées horizontalement par des dizaines de cordes parallèles. Çà et là, sur des murs blanchis à la chaux, apparaissaient des portraits de Lénine, toujours les mêmes, soit en pied avec l'*Iskra* dans sa poche de manteau ou seulement de demi-profil, en gros plan. Tout à coup, un groupe d'enfants dépenaillés débola d'une ruelle perpendiculaire. Jean-Luc l'évita. La marmaille poursuivit ses jeux et ses bousculades comme si de rien n'était.

«Bah! Des Tziganes...», commenta Radka.

Si le mot Tziganes évoquait une certaine poésie pour Jean-Luc et Annette, Radka en avait une perception beaucoup plus prosaïque. «Des voleurs de poules, des bons-à-rien», précisa-t-elle. La seule qualité qu'elle leur reconnaissait, c'était d'avoir toujours su résister aux régimes socialistes. Aucun pays du Pacte de Varsovie n'avait réussi à les assimiler. L'insolente liberté de ces enfants à la peau tannée, aux cheveux noirs, aux yeux pétillants et aux sourires narquois séduisait pourtant beaucoup plus Annette que la belle discipline des jeunes-ses communistes défilant avec le drapeau rouge en bandoulière.

La route prit fin devant une petite rivière qui descendait de la montagne. Sur l'autre rive, c'était une sorte de sentier muletier et caillouteux qui prenait la relève. On fit descendre les passagers pour passer la voiture à gué, la carrosserie raclait contre les grosses pierres plates disposées pour le passage à pied sec.

Désormais, l'auto peinait en grimpant la draille. Radka ne cessait de déclarer que «les *Réno* c'était fragile». Son mari avait eu une Skoda avant la guerre. Elle leur montrerait des photos à leur retour. On arriva sur une sorte de plateau herbeux adossé à une montagne. Une maison de bois y nichait. «C'est là, dit Radka. Cette ferme était à nous avant la guerre. Ils nous l'ont prise.» Un peu plus loin, derrière l'habitation, un héron trônait sur un meulon de foin, comme une croix sur le dôme d'une église. Il s'envola à l'approche des visiteurs. La fermière reconnut madame Radka, referma l'enclos à cochons et vint à sa rencontre. Radka arborait des airs de propriétaire terrienne. Elle était chez elle. Elle évoqua des souvenirs avec la femme. C'était toujours les mêmes qu'elle ressassait, lors de ses rares visites. On goûta au fromage de chèvre qu'on accompagna de pain brun encore tout chaud.

L'eau de source canalisée qui se jetait dans un petit bassin de granit était presque gelée. Les verres s'embuaient immédiatement. Jean-Luc et Annette savouraient l'instant, silencieux, attablés sous le soleil. Radka demanda si les deux étudiants pouvaient visiter la maison. La paysanne les conduisit. Elle les précéda, se déchaussa. Ils firent de même, et se lavèrent les pieds dans la cuvette blanche émaillée remplie d'eau tiède qu'elle leur présenta. Une forte odeur de naphtaline imprégnait toute la maison. Partout sur le plancher, il y avait des tapis tissés à la main, parfois en deux ou trois épaisseurs. D'autres, aux motifs beaucoup plus étudiés, étaient accrochés aux murs. Des images jaunies de la Madone étaient épinglées à la tête du lit et un chapelet pendait sur le mur. La femme se signa à «l'envers», c'est-à-dire de droite à gauche comme le font les orthodoxes, et psalmodia quelques mots qui firent à peine trembler ses lèvres. Dans la pièce principale, trois portraits de Staline étaient épinglés. La paysanne fit sentir son admiration pour le «Père des peuples».

En sortant, la lumière les aveugla. Madame Radka était en compagnie d'une vieille femme tout ossue. On leur présenta une voisine de la fermière qui elle aussi habitait la montagne, à plus d'une heure de marche. On racontait, selon ce qu'en disait Radka, qu'elle avait du sang tzigane. On la soupçonnait d'être, dans une certaine mesure, jeteuse de mauvais sorts. On avait déjà fait appel à elle pour contrer l'esprit du Dracul. Les bouleversements politiques de son pays n'avaient eu aucune emprise sur elle. Ses quelques acres de pierraille ne présentaient aucun intérêt pour le collectivisme.

Pendant que Radka brossait un portrait rapide de la visiteuse aux deux étudiants, le regard aux abois de cette vieille femme, qui savait qu'on parlait d'elle, sautait d'un visage à l'autre, inquiet. Radka traduisait seulement une partie de ses commentaires en bulgare. Les yeux de la manouche vrillaient ceux de Radka. Elle attendait la suite de la traduction, contraignant cette dernière à improviser. Elle eut un mauvais sourire de dents pourries. Elle jura et cracha par terre.

La paysanne revenait avec un plateau de bois chargé d'un pot de café préparé à la turque, de tasses et d'une bouteille de Raki. On le but très chaud suivi d'une lampée de cette eau-de-vie de prune.

Jean-Luc alla chercher le bocal de «Nescafé» instantané dans le coffre de la voiture et demanda de l'eau chaude. Les deux femmes, surprises, touillaient leur café, toute trace de marc ayant disparu... Radka riait, elle connaissait le café soluble. On revint au café turc, le «Nescafé» ne fut pas un succès. La fermière était déjà repartie vaquer à ses occupations.

Radka apprit aux étudiants comment laisser quelques gouttes de café dans le fond de la tasse et comment lui imprimer un mouvement de rotation pour que le marc se dépose tout autour. D'un geste brusque, elle retourna la tasse dans la sous-tasse. Ainsi, on pouvait lire l'avenir dans les dessins laissés par le marc.

La Tzigane s'empara des tasses. Radka traduisait mot à mot, au rythme saccadé de la vieille femme:

«Elle dit que vos signes ne sont pas très nets. Vous n'avez pas assez d'adresse pour étaler le marc d'une manière régulière... Jean-Luc ne sera jamais riche, ni pauvre non plus. Il aura juste assez d'argent pour vivre correctement...

Il ne vivra pas très vieux...

Elle ne peut pas donner d'âge, ce n'est pas clair...

Annette réussira une belle carrière...

Elle sera heureuse et aura plusieurs enfants...

Vous ne vous marierez pas ensemble...
C'est votre dernier voyage à deux...
Elle voit un terrible accident...
Vous en réchapperez....»

La vieille femme tzigane semblait transformée, comme illuminée de l'intérieur. Le contrôle de ses mains semblait totalement lui échapper, comme à un vieux qui aurait été atteint de la maladie de Parkinson. Ce ne fut que lorsqu'elle reposa la tasse qu'elle retrouva la précision du geste.

Il y eut un long silence. Les étudiants échangèrent un regard. De toute évidence, ils aspiraient à ne pas croire aux divagations d'une vieille femme.

La sibylle s'était emparée à présent de la tasse de Radka. Son débit était toujours saccadé, entrecoupé de longues périodes d'attente. À mesure qu'elle éructait des bribes de phrases, le malaise de Radka grandissait. On sentait sa veine jugulaire battre à la base de la mâchoire. Puis le silence tomba, lourd, plein de menaces imprécises.

«Que vous a-t-elle raconté? demanda Jean-Luc avec une bonne humeur un peu forcée.

— Des histoires sans queue ni tête.»

Puis, Radka précisa que, selon les révélations de la Tzigane, elle aurait des ennuis avec la police pour sa maison. La voyante avait remarqué des policiers en civil. Radka devait être prudente, et ne pas laisser entrer des inconnus. Radka s'interrompit un instant, puis reprit.

«Elle a aussi parlé de la mort, mais c'est une vieille folle. Les Tziganes ne parlent que de ça. Bon, mes amis, on doit s'en aller... Je voudrais bien acheter quelques œufs et du pain de la ferme. On n'a pas le droit d'acheter à la ferme, mais tout le monde fait du marché noir ici.»

Radka s'approvisionna en pain, œufs et fromage. La paysanne leur offrit plusieurs livres de mirabelles et de petites poires jaunes oblongues, ainsi qu'une demi-bouteille de Raki.

Soudain un side-car pétarada et le conducteur s'immobilisa près de la Renault. L'homme vint saluer Radka et les deux étrangers.

«C'est le mari de la paysane, précisa Radka. Il est contremaître à l'usine de semi-conducteurs de Botevgrad.»

L'homme sortit de ses sacoches de cuir quelques provisions enveloppées dans du papier journal et un grand pain rond. Annette s'étonna de le voir apporter du pain.

«C'est pour les cochons. Il est obligé d'acheter du pain à l'usine coopérative de panification. Ce n'est pas mangeable.»

On se serra la main, avec de multiples mercis, en français et «dovichdénia» en bulgare. Les trois visiteurs abandonnèrent le couple à la quiétude de la montagne.

Le retour à Botevgrad parut beaucoup plus court. Radka parla peu. Les prophéties de la Tzigane planaient comme une menace diffuse.

À l'entrée de la ville, Jean-Luc se fit arrêter pour excès de vitesse. Le policier voulut prélever immédiatement le montant de l'amende en dollars, en marks ou en francs. Les deux étudiants offrirent de payer en *leva*, seule espèce monétaire qu'ils détenaient. Le policier refusa, abandonna même l'idée de dresser un procès-verbal et leur fit signe de repartir en roulant plus lentement. Radka, qui était restée muette pendant toute la scène, s'exprima dès qu'ils se furent éloignés.

«Ils sont tous comme ça. Ils dressent des contraventions aux touristes pour accumuler des devises qu'ils échangent au marché noir. La corruption est pire qu'au temps du roi Boris.»

En fin d'après-midi, assis autour de la table, les deux

étudiants écoutaient Radka raconter comment c'était *avant*, évoquer ses souvenirs de soirées passées à l'opéra ou au théâtre à Sofia. Elle s'y rendait souvent avec son mari et quand ils restaient plusieurs jours, ils allaient à la messe à la cathédrale Alexandre-Nevski où l'office durait plus de quatre heures. Il y avait aussi de nombreux et excellents restaurants dans la capitale, on y jouait de la musique pendant que les clients dégustaient des poissons du Danube.

Lorsqu'ils étaient jeunes mariés, quelques étés, ils étaient allés à Varna, au bord de la mer Noire. C'est là que se retrouvaient tous les gens chics de l'Europe centrale. Les bains de mer venaient tout juste d'être à la mode et on passait les soirées à jouer au casino ou à danser. Elle se souvenait encore des airs de valses viennoises. Le passé proche, mais déjà légendaire, d'une Europe balkanique dorée, défilait dans l'appartement de Radka où les divers objets-vestiges, comme des gerbes de fleurs flétries, témoignaient d'une magnificence perdue.

Debout dans l'encadrement de la porte, une jeune adolescente timide aux boucles blondes attendait qu'on s'aperçût de sa présence. Radka parut indisposée. Elle accueillit la fillette froidement, l'installa à la table de la salle à manger et rapporta un vieux livre à la couverture élimée. La petite fille sortit un cahier de son sac et Radka lui indiqua un exercice à faire.

«Son père est un des chefs de la police de Botevgrad. Ça fait des semaines qu'elle a abandonné ses cours de français. Ce n'est pas une bonne élève. Son père l'envoie pour espionner parce qu'il sait que vous êtes là. Je n'ai pas le droit d'héberger des étrangers plus de trois nuits sans en informer la police, expliqua Radka.

— Vous êtes certaine que c'est une espionne? Vous n'exagérez pas un peu? demanda Jean-Luc. En tous cas, elle a l'air de s'emmerder à cent sous de l'heure, seule, assise droite comme un piquet devant son bouquin.»

Annette expliqua et traduisit en bon français la dernière intervention de son compagnon. Radka sourit.

L'exercice de français auquel travaillait l'élève de Radka attestait sa faible connaissance de la langue. Jean-Luc et Annette furent conviés à jouer les rôles de professeurs de diction, pendant que Radka se mit à préparer le repas du soir. Le gaz fit encore défaut. Radka sortit un instant et revint avec un vieux réchaud électrique. Jean-Luc quitta sa tâche de répétiteur pour vérifier les trois ou quatre raccordements du vétuste appareil.

Le soleil déclinant rentrait par la fenêtre de la salle à manger, étirait considérablement les ombres, mordorait les meubles anciens et parcheminait les pages du vieux livre de grammaire. La leçon de français était devenue une sorte de chuchotement sourd de sacristie. Radka cuisinait en silence, un fumet d'huile d'olive et d'ail envahissait doucement la pièce. L'enfant éprouvait quelques difficultés avec la prononciation du mot écureuil mais démontrait une application et une bonne volonté à faire rêver les futurs enseignants que seraient sans doute Annette et Jean-Luc.

Des pas firent trembler l'escalier de bois. La porte d'entrée était à peine assez haute et large pour laisser passer un grand et gros policier en uniforme. La petite fille sourit à son père. Radka fit bonne figure et présenta au milicien les deux précepteurs improvisés de sa fille. Ce dernier se montra très affable et fit état de sa connaissance de la langue des visiteurs de Radka:

«Bonchour, khommen tallez-vous? Allons... zenfants de la patrie, le chour de kloire est... tarrivé.»

Il venait d'épuiser sa science. La conversation reprit en bulgare, anodine et civile. Radka traduisait.

Une fois le policier parti, Radka affirma qu'il ne venait que très rarement chercher sa fille, à la fin d'un cours particulier.

«Il voulait voir qui était chez moi. Vous partirez lundi, ça fera trois jours. Vous pourrez revenir par la suite.»

Après le repas, Radka extirpa un album photo de sous une pile de linge. La cohorte des souvenirs reprit et s'imposa à mesure que sa voix sourde emplissait la pièce. Le bric-à-brac d'un autre temps, qui meublait son appartement, reprenait vie et retrouvait sa dignité d'autrefois. En ce samedi soir, le 72 de la rue Lénine s'était transformé en une sorte d'arche qui ressuscitait des personnages gentiment surannés, et toute une époque où chaque tableau défilait comme un vieux film lent aux contrastes estompés et aux couleurs sépia.

Le départ des deux étudiants, le lundi dans la matinée, prit des allures d'adieux tristes. Radka souffrait de plus en plus d'un sentiment de persécution. Le dimanche, elle avait refusé d'accompagner les deux étudiants à un cirque ambulant, après qu'un homme ivre leur avait offert trois billets gratuits. La rencontre, que les étudiants avaient jugée cocasse, avait pris des allures de roman d'espionnage pour Radka.

Jean-Luc et Annette s'étaient arrêtés, en cet après-midi de flânage, devant une affiche de propagande, et commentaient joyeusement la représentation de la statue de la Liberté affublée d'un masque à gaz. La fumée noire de son flambeau polluait abondamment tout l'espace de l'affiche. L'homme en question s'adressa à eux en français et dénigra d'emblée le régime socialiste, qui lui offrait un emploi de clown dans un cirque, alors qu'il était pianiste. Pour ce travail, fit-il remarquer, on lui donnait juste assez d'argent pour se soûler. C'est à ce moment-là qu'il les avait invités à aller le voir en représentation, en fin d'après-midi.

Deux heures plus tard, il semblait totalement dégrisé et effectuait plusieurs numéros d'équilibriste tout en jouant de divers instruments de musique. Lorsqu'il avait rejoint les deux jeunes Français, à la fin de sa représentation, il les avait invités à Sofia, chez lui, étant en congés pendant les deux prochaines semaines. Il s'était étonné aussi de l'absence de Radka. Cette dernière était devenue de plus en plus suspicieuse à l'endroit de ce personnage qui avait fait intrusion dans leur balade dominicale. Elle était convaincue que les étudiants ne le retrouveraient jamais à Sofia. Ce clown était un indicateur de la police et il n'était pas aussi ivre qu'il avait voulu le laisser paraître.

«Les policiers ne sont pas tous en uniforme, mes chers enfants. Ici, même les murs ont des oreilles», soutint-elle.

Le deuxième incident de la journée, qui avait entraîné chez Radka la certitude d'être surveillée, avait été le retour de son élève. Elle avait refusé de lui donner un cours, un dimanche. En la renvoyant chez elle, elle avait ôté tout alibi au policier pour revenir l'espionner.

Et il y avait eu les événements de ce lundi matin. Un employé du gaz était venu vérifier l'installation. Il avait fureté partout dans toutes les pièces à la recherche d'une fuite de gaz. Il ne comprenait pas que la pression fût insuffisante. Le système d'adduction commun du bâtiment avait été refait quelques mois auparavant. Il n'effectua aucune réparation. Il était inspecteur du gaz et il enverrait un ouvrier le plus rapidement possible. Cette diligence sembla suspecte.

«Il n'y a que la police qui soit rapide dans ce pays, commenta Radka. Vous savez, ils sont capables de tout pour se débarrasser de quelqu'un. Pendant les grandes purges du stalinisme, il n'y a pas eu que des procès truqués, il y a eu aussi de nombreux accidents mortels.»

En d'autres lieux, et s'il ne s'était pas très rapidement attaché à Radka, Jean-Luc aurait émis un commentaire laconique et désobligeant dans le style: «Elle paranoïe, la vioque», mais il la sentait tellement démunie. Il revoyait l'image de sa mère, debout sur un perron de granit, les yeux mouillés, comme chaque fois qu'elle se séparait de son fils unique, ne fût-ce que pour une semaine.

Les deux étudiants promirent de revenir pendant leur séjour bulgare. D'ailleurs, n'avaient-ils pas laissé chez Radka une partie de leurs bagages dont ils n'auraient pas besoin à Sofia?

En roulant vers la capitale, Jean-Luc et Annette essayèrent de faire le point. L'effet sur Radka des prédictions de la Tzigane les hantait. Même s'ils savaient que tout cela naviguait en plein irrationnel, même si toutes les prophéties sont en général assez floues pour coller, a posteriori, à la réalité, il n'en restait pas moins que Radka en était affectée et ça les ennuyait. En fort peu de temps, ils s'étaient attachés à cette femme forte de son entêtement à résister au régime socialiste, et pourtant si vulnérable. Ils tentèrent bien d'effectuer quelques parallèles entre le passé récent et les prédictions de la vieille montagnarde. Le policier qui était venu chercher «exceptionnellement» sa fille, le regain soudain d'intérêt de l'adolescente pour ses cours de français, la curiosité fouineuse d'un employé du gaz qui n'avait rien réparé et, pourquoi pas, le coup du clown du cirque ambulant étaient autant d'éléments qui pouvaient tout aussi bien être reliés ou totalement dépourvus de rapport. Radka elle, n'avait aucun doute.

Ce qui les agaçait un peu, c'était qu'ils ne possédaient pas de points de repère relativement aux mœurs politico-policières de ce pays. C'était seulement de Radka qu'ils détenaient toutes leurs informations. Ils avaient hâte de rencontrer d'autres personnes. Mais pas cette journée-là. Ce lundi serait à eux. À eux deux seulement. Ils n'iraient pas chez Alexis Popov, un vieil ami de Radka, négociant en vins avant la collectivisation. Ils n'iraient pas non plus, ce soir, rendre visite au clown-musicien. Ils feraient du tourisme à Sofia, trouveraient un camping tranquille pour être à nouveau seuls tous les deux.

Quant aux prédictions que leur avait faites la Tzigane, elles ne résistaient pas à leur analyse. Le fait de ne pas se marier n'avait rien d'alarmant, cela correspondait à leur désir. Le passage devant le maire n'était qu'une formalité bourgeoise à laquelle ils pensaient bien se soustraire. Pour le curé, ni l'un ni l'autre n'avait fréquenté une quelconque soutane depuis leur première communion. Ensuite, l'accident? Eh bien, il avait eu lieu en Yougoslavie, ce n'était pas eux les victimes, mais les bons Samaritains. En réalité, la Tzigane avait misé sur les craintes présumées de chacun. Il devait être notoire que Radka, à cause de son obstination, pût s'attirer quelques tracasseries administratives. Et le fait que deux touristes devaient redouter le plus, était bien des ennuis avec une voiture irréparable à l'Est.

Il restait, bien sûr, la mort de Radka que la présumée voyante affirmait avoir lue dans les circonvolutions du marc... La mort, à condition de ne pas y mettre d'heure de tombée, était bien la seule prédiction qu'on pouvait faire à coup sûr.

Radka était victime de l'emprise qu'avait exercée la vieille ermite de la montagne. Selon Jean-Luc, c'était depuis cette rencontre que leur amie interprétait tous les faits à sa façon. Elle détestait les Tziganes mais elle les craignait. Ainsi, la jeune adolescente francophile était devenue une espionne à la solde de son père, l'employé du gaz un membre de la police politique. C'était pourtant elle-même qui avait protesté contre les pannes de gaz. Qu'on envoie un inspecteur avant un ouvrier, dans un régime aussi bureaucratique, n'était pas étonnant. Il n'y avait pas que dans le cadre d'un régime socialiste qu'on créait des postes d'une bouillonnante inutilité. Le clown?.. Ils en auraient le cœur net dans quelques jours.

Radka avait dramatisé, adapté, trituré la signification des moindres événements pour les faire coller à la prophétie. Il leur semblait même qu'elle mélangeait les destins. C'est dans les leurs que la Tzigane avait lu un accident. Or Radka, et ça, Annette s'en souvenait fort bien, avait dit: «Pendant les grandes purges du stalinisme, il n'y a pas eu que des procès truqués, il y a eu aussi de nombreux accidents mortels.» Radka reprenait donc à son compte un élément du destin des autres pour l'imputer à sa mort (hypothétique) dont elle rendrait responsable, à l'avance, un régime qu'elle exécrait.

«Au diable les calembredaines de la Tzigane», fut la conclusion à laquelle aboutirent Annette et Jean-Luc.

III

En fin de matinée, les deux étudiants étaient à Sofia. La fluidité de la circulation automobile de la capitale bulgare les étonna. Ils abandonnèrent leur véhicule sur une grande place presque vide, devant le cinéma Moscou qui arborait, au sommet de sa façade, une immense étoile rouge. Quand ils revinrent, il y avait un billet d'infraction glissé sous un essuie-glace. Les autres voitures n'avaient ni contravention ni essuie-glace, les balais en avaient été ôtés.

Entre-temps, ils avaient visité la cathédrale Alexandre Nevski, désertée à cette heure par les fidèles. Seuls quelques popes en robe noire, silencieux et aux déplacements feutrés, y erraient entre les rangées d'icônes, sortes de fantômes flottant comme des nuages d'encens ou des fumées de cierges mal mouchés. Comparativement à la cathédrale, la grande mosquée de Sofia leur parut moins austère. Quant à l'opéra, au fronton triangulaire soutenu par des colonnes ioniques, il était fermé. Ils reviendraient plus tard et s'informeraient des heures d'ouverture.

Ils essayèrent de se reporter une trentaine d'années en arrière et d'imaginer Radka, toque et manteau de fourrure, descendant dignement de son imposante limousine noire, comme sur les photos qu'elle leur avait montrées. Ils percevaient déjà, par vagues successives, les notes discordantes des cordes et des violons qui s'accordaient, avant la représentation.

Assis sur le banc d'un parc, ils mangèrent les sandwiches que Radka leur avait préparés. L'art socialiste contemporain s'épanouissait abondamment dans les parcs. Le nombre de statues de pierre ou de béton était impressionnant. Toutes de style figuratif, néo-grec, et très pudiques, elles glorifiaient le goût du travail et de l'effort. Elles représentaient soit une femme, le regard fier fixé sur la ligne d'horizon, le buste projeté en avant, les manches retroussées, une gerbe de blé et un panier débordant de fruits à ses pieds, soit une femme marchant, un enfant joyeux juché sur l'épaule, une colombe de la paix posée sur son poing levé, ou encore de valeureux guerriers à l'assaut, vêtus de longues capotes, fusil à la main. Jean-Luc qui avait échoué, quelques années auparavant, à l'examen, sa matière optionnelle d'histoire de l'art, regrettait de ne pas avoir eu à commenter *La femme aux champs* d'un illustre sculpteur bulgare inconnu, plutôt que *L'homme qui marche, l'homme qui chavire* de Giacometti. L'art de l'affiche, se résumait à de gigantesques portraits hyperréalistes de Marx et de Lénine. «Pays béni, pour les étudiants en art!», ironisa Jean-Luc. Annette sourit.

Ils trouvèrent un camping pour la nuit, dans le parc national du mont Vitocha qui culmine au-dessus de Sofia à plus de deux mille mètres. L'endroit se révéla si agréable qu'ils y passèrent deux jours tout en effectuant des incursions quotidiennes à Sofia qui, vue d'en haut, offrait l'impression d'un gros village lové dans un nid de verdure. À vrai dire, ce ne fut pas uniquement l'endroit qui les retint mais la rencontre du chef d'orchestre. C'est ainsi qu'ils le désignèrent, faute de savoir son nom, faute d'avoir pu échanger un seul mot avec lui. La fascination qu'il exerça sur eux fut assez particulière et, s'il n'avait quitté le camping, ils auraient sûrement prolongé leur séjour. Le chef d'orchestre était un nocturne au teint laiteux, blanchâtre, presque transparent, et n'eût été son abondante chevelure blond pâle et vaporeuse, on l'aurait cru glabre de la tête aux pieds. Il émanait une sorte de sensualité trouble de cet être androgyne à qui ils attribuèrent pourtant le genre masculin.

À leur arrivée, la tente plantée près de la leur semblait n'héberger qu'une seule personne, une jeune fille rousse et tavelée aux allures de hippie. Elle s'occupait sans cesse autour de son campement telle une fourmi, nettoyant, ramassant, rangeant et récurant avec une multitude de petits gestes électriques. Même si, de la fin de l'après-midi à la nuit tombante, Annette et Jean-Luc n'avaient vu que la fourmi, ils avaient l'impression qu'elle n'était pas seule. Rien pourtant dans la tente de toile ne bougeait, néanmoins, on la sentait habitée d'une présence diffuse. Leurs soupçons furent confirmés à la nuit, lorsque la fourmi alluma sa lanterne à gaz. Une lumière crue nappa l'entrée, et deux silhouettes projetèrent des ombres chinoises qui se mouvaient lentement, tantôt confondues en un corps à deux têtes, tantôt séparées dans une danse extatique. Mais ce ne fut qu'en revenant d'une ballade nocturne par un petit chemin montagneux que Jean-Luc et Annette firent plus ample connaissance avec le chef d'orchestre. Il était assis en tailleur sur un promontoire rocheux qui dominait Sofia. Il dirigeait un orchestre symphonique silencieux. Soudain, la main gauche commandait aux premiers violons, sa droite réveillait les contrebasses. Puis, il se levait pour s'adresser aux instruments à vent et aux percussions, au fond de l'orchestre.

Il martelait le rythme ou érigeait vers le ciel cette musique intérieure qui l'habitait. La pleine lune, au-dessus de la ville, rendait sa peau encore plus diaphane. On ne voyait plus que ses yeux. De temps en temps, un sourire s'épanouissait, encadré d'une chevelure devenue presque blanche. D'un seul geste impérieux, il fit taire tous les instruments et pointa le pianiste ou le harpiste sur sa gauche, sa main droite redessinant progressivement la courbe mélodique dans la nuit. Annette et Jean-Luc restèrent là, serrés l'un contre l'autre. À ne rien dire. À regarder. À attendre... La fourmi était assise à ses pieds et fumait un joint. Il termina son concert en apothéose, en proie à une sorte de frénésie incantatoire, où tout son être semblait aspiré vers le haut. Ses lèvres chantaient silencieusement la finale. Quand tout fut terminé, il salua trois fois ses musiciens en s'inclinant avec beaucoup de grâce et regagna sa tente à l'autre extrémité du camping. Il se tenait droit et marchait avec beaucoup d'élégance sans être incommodé par les inégalités du sol. La fourmi suivait. Ils s'engouffrèrent dans leur abri.

Le lendemain, en début de soirée, la fourmi s'affairait toujours, bouclant et débouclant deux sacs à dos, les rangeant dans l'entre-toit pour les sortir à nouveau. Annette et Jean-Luc dînèrent dans un petit restaurant prévu à l'intention des campeurs. À leur retour, il faisait nuit et quelques nuages longiformes s'effilochaient dans la lumière lunaire; ils revinrent vers le promontoire du chef d'orchestre. La pierre était nue et déserte, zébrée alternativement d'ombre et de lumière. Le vide était inquiétant et la vue sur Sofia attirante. À l'autre bout du camping, la tente du chef d'orchestre et de la fourmi avait disparu.

Ce ne fut que le jour suivant qu'ils se mirent en quête pour rencontrer Alexis Popov, l'ami de Radka et ex-négociant en vins. Annette sortit déçue de la cabine téléphonique, ayant tenté vainement de rejoindre Popov pour la troisième fois. Elle expliquait à son compagnon que cette fois-ci le téléphone avait fonctionné, mais que c'était quelqu'un de l'ambassade d'Algérie qui avait répondu, quand une femme d'âge mûr se précipita sur eux.

«Vous êtes Français?

— Oui, répondirent les deux étudiants, un peu surpris.

— Il faut que je vous parle», enchaîna la femme.

Tous les trois se dirigèrent vers un banc public. La dame soulagea sa peine et raconta que la vie dans un pays dominé par Moscou était un véritable enfer. Jean-Luc l'interrogea au sujet des purges staliniennes, elle confirma les dires de Radka quant aux disparitions et aux accidents survenus «par hasard» à des opposants du régime. Elle affirmait que de multiples pressions plus ou moins empruntées au passé récent s'exerçaient encore, quoique plus discrètement. Elle entrecoupait ses confidences d'œillades craintives à droite et à gauche et, quand quelqu'un approchait, elle se taisait ou changeait totalement de propos, indiquant comment se rendre aux bureaux de Balkan-tourist ou à tout autre lieu digne d'intérêt pour deux jeunes voyageurs. Cela donnait à son discours, si on le décodait mal, une sorte d'incohérence bizarre, à la limite de la schizophrénie.

Quand les questions se firent plus pressantes, elle se méfia et leur demanda s'ils étaient communistes. Malgré leurs dénégations empressées, le fil délicat de la confiance s'était rompu. La femme ne fit que répéter ce qu'elle avait déjà dit, et elle s'éclipsa.

Annette et Jean-Luc tentèrent, encore une fois, de rejoindre Popov par téléphone, avant de se rendre directement chez lui. Leur confiance dans le système téléphonique était quelque peu émoussée, depuis l'incident de l'ambassade d'Algérie.

À leur troisième visite infructueuse à la porte de Popov, ils avaient décidé que c'était la dernière tentative de la journée (ils allaient se trouver un hôtel pour la nuit) quand la porte voisine s'ouvrit. Un petit homme raide, au regard froid, s'adressa à eux en bulgare, puis il passa immédiatement au français.

«Ah! vous êtes Français... Et vous cherchez Alexis Popov. Vous êtes de ses amis, je suppose...»

L'homme, d'un seul coup, était devenu affable. La raideur de ses traits s'était assouplie. Au nom de Radka Atanasova, il évoqua le souvenir de son mari, un brillant avocat, une intelligence de premier plan, qui n'avait malheureusement pas su voir que c'était dans la révolution socialiste que résidait l'avenir de la Bulgarie.

Il semblait porter un certain respect, mêlé d'admiration, à cet avocat qui avait dû être son aîné de près de vingt ans. L'homme avait à peu près la cinquantaine, donc vingt ans pendant la guerre. Jean-Luc en déduisit qu'il devait être du nombre de ceux qui vouaient une reconnaissance particulière à l'avocat Atanasov. Les jeunes communistes étaient plutôt mal vus à l'époque où *Boris III** s'allia à Hitler. L'homme continuait de parler de Botevgrad, du poète nationaliste Christo Botev entre autres...

Sa connaissance de la langue française était largement suffisante pour maintenir la conversation, et les rares mots qui lui manquaient, il les disait en anglais.

Il invita les deux étudiants à entrer chez lui, leur offrit de la bière, des chocolats et des alcools. Alexis Popov rentrerait le lendemain et l'homme leur proposa de leur trouver un toit pour la nuit. Lui, il avait la visite de sa fille et de son gendre qui étaient rentrés de Varna, sur la mer Noire, il s'excusait de ne pouvoir leur offrir l'hospitalité. Il ne possédait pas non plus les clés de son ami Popov, mais il savait où les héberger.

Il fut convenu que les deux étudiants reviendraient le soir et qu'il les conduirait à leur chambre. Jean-Luc et Annette, qui avaient déjà envisagé de se payer le luxe d'un hôtel, ne purent discuter. Le coucher était maintenant, sans contredit, l'affaire de leur hôte. Ils dépenseraient donc leur argent dans un bon restaurant. L'homme leur en conseilla quelques-uns.

Attablés dans un restaurant au charme un peu suranné, ils jouèrent aux touristes aisés. Ils avaient eu le temps de changer de vêtements en se contorsionnant dans la voiture stationnée aux abords d'un parc. Annette avait revêtu une robe d'été coquette aux tons pastel. Jean-Luc, saharienne et col de chemise ouvert avec un pantalon de coton, arborait un petit air jeune-homme-british-de-bonne-famille. Ils admiraient les reflets du soleil couchant sur les trois coupoles d'or de la cathédrale Alexandre-Nevsky. Jean-Luc avait pris un apéritif, une sorte d'Ouzo que les Bulgares nommaient *Mastiqua* et qu'ils buvaient accompagné de piments forts. La «coutume locale» déclara un véritable incendie sur les papilles gustatives de Jean-Luc qui, pour éteindre ce brasier, se fit apporter une bouteille de rouge auquel Annette toucha à peine.

Commander des plats se révéla cocasse. Aucun serveur ne parlait une autre langue que le bulgare ou le russe. On en dégota bien un qui parlait allemand. Les deux touristes proposèrent le français, l'anglais et l'espagnol, mais on dut se résoudre à imiter le cri des animaux pour savoir s'ils voulaient manger du poulet, du porc, du bœuf ou du mouton. Un gros serveur, celui qui parlait allemand, imita la nage d'un poisson. Jean-Luc précisa à sa compagne qu'on lui proposait de la baleine. Annette éclata de rire, le personnel du restaurant aussi. Le gros serveur germanophile semblait particulièrement fier de son imitation. Ces entorses à l'étiquette dégelèrent le lieu et les rares autres clients semblaient eux aussi contaminés par la bonne humeur générale.

Grâce au sens de l'orientation d'Annette et peut-être aussi à sa sobriété, ils retrouvèrent l'appartement de l'ami de Popov. C'est ainsi qu'ils désignaient l'homme, ne sachant toujours pas son nom. Ce dernier se révéla aussi accueillant que la première fois, mais il affectait une certaine raideur. En bas, une voiture soviétique, de marque Giguli, attendait. Le chauffeur en uniforme sortit, effectua un salut militaire, claqua les talons, referma la portière arrière après que l'homme s'y fut engouffré, s'installa au volant avec des mouvements d'automate. L'ami de Popov posa son feutre noir sur la plage de custode et donna au chauffeur l'ordre d'avancer. La voiture soviétique démarra en trombe. Jean-Luc les suivait dans sa Renault. Une sorte de poursuite nocturne s'engagea. Le chauffeur en uniforme roulait à tombeau ouvert. Jean-Luc ne se laissait pas distancer. À chaque virage pris à la corde, l'arrière de la Giguli tressautait, à la limite du dérapage fatal. Les feux arrière laissaient des traînées lumineuses, comme des brandons avec lesquels les enfants tracent des circonvolutions de lumière, autour d'un feu de camp. Des murs gigantesques et aveugles, des grilles de fer forgé, des rangées d'arbres surgissaient dans le pare-brise, pour s'esquiver au dernier moment. Les deux voitures traversèrent de nombreux quartiers déserts aux rues mal pavées. La Renault menaçait de se disloquer dans un bruit de ferraille infernal. De temps à autre, l'ami de Popov se retournait tout souriant. Les phares de la Renault donnaient une teinte blême à ce visage de plus en plus étranger et déformaient son sourire en une sorte de rictus malsain. Le militaire semblait prendre un malin plaisir à cette cavalcade. Il bloquait le klaxon aux intersections. Jean-Luc l'imitait. Le militaire brûlait les feux rouges. Jean-Luc aussi. Les quelques automobilistes croisés écrasaient les freins de leur voiture qui piquait du nez pour éviter une collision. Jean-Luc suait à grosses gouttes, totalement dégrisé. Annette ne disait rien. Elle s'accrochait à sa ceinture de sécurité comme à une bouée de sauvetage. À un moment donné, ils eurent l'impression de quitter la ville. La route était rectiligne, bordée d'arbres. Ce parcours, bien qu'effectué rapidement, offrit un répit. La tension tomba quelque peu. Jean-Luc et Annette échangèrent quelques mots. Puis ils abordèrent un quartier de banlieue en construction. La rue était défoncée. Les amortisseurs de la Renault cognaient durement contre la carrosserie. Devant, la Giguli semblait atteinte de la danse de Saint-Guy et était tout proche de se désarticuler, quand les feux stop s'illuminèrent. Jean-Luc s'arrêta pile. La Renault dérapa sur le gravier, piqua du nez et s'immobilisa à quelques centimètres du pare-chocs de l'autre voiture. Le chauffeur en sortit, ouvrit la portière de son passager. L'ami de Popov, tout souriant, vint à la rencontre des étudiants.

«On m'avait dit que les Français conduisaient vite. Je voulais m'en assurer. C'est bien, et il donna une tape amicale sur l'épaule de Jean-Luc. Prenez ce qu'il vous faut pour passer la nuit, c'est ici.»

Avant que les étudiants ne ferment leur voiture à clé, l'ami de Popov se pencha sur le capot et ôta les balais d'essuie-glace.

«Ramassez-les, c'est plus prudent», conseilla-t-il.

L'escalier de béton de l'immeuble les conduisit à un appartement du dernier étage. L'ami de Popov frappa à la porte sans ménagement. La cage d'escalier fit écho.

Il frappa de nouveau, impatient. Des pieds se traînèrent derrière la porte. Un homme dans la trentaine, en pyjama, la moustache à la hussarde, les yeux bouffis du premier sommeil, les cheveux en bataille, entrebâilla la porte. Il dominait le groupe d'une hauteur de plus de dix centimètres. L'ami de Popov donna des ordres. L'homme répondit sèchement. L'échange de propos s'enflamma très rapidement. Le ton montait, prenait l'allure d'une véritable dispute. La cage d'escalier amplifiait l'altercation. Les mots se réverbéraient sur les murs nus, comme des centaines de balles de golf arrêtées en pleine accélération et rebondissant anarchiquement dans tous les sens. L'ami de Popov sortit de sa poche-revolver une carte d'identité avec sa photo; la brandit sous les yeux de l'autre qui lui claqua la porte au nez. L'écho du claquement mit du temps à mourir... La porte s'ouvrit de nouveau. Doucement. L'homme à la moustache s'effaça.

«Il vous dit d'entrer», précisa l'ami de Popov.

Comme ils pénétraient dans le couloir de l'appartement, une femme, la tête courbée sur un bébé qui pleurait, sortit furtivement d'une pièce. Les deux étudiants furent introduits dans cette chambre. Ça sentait le bébé et le lait. On entendait toujours le bébé pleurer dans l'autre pièce. Sa mère fredonnait une berceuse pour qu'il se rendorme. Annette et Jean-Luc n'osaient bouger. Ils étaient tout juste assis sur l'extrême bord du grand lit qui occupait presque tout l'espace de la minuscule chambre. Le lit du bébé était au pied du lit double, ses draps défaits portaient encore l'empreinte du petit corps qui venait d'en être extirpé en plein sommeil. Ils restèrent là un bon moment, à se regarder, à ne rien dire, à tout juste respirer... L'enfant s'était tu.

«Annette. J'ai une de ces envies de pisser. Il faut que je trouve les toilettes.»

Jean-Luc se hasarda dans le couloir. Le colosse était accoté à l'huisserie d'une porte qui devait donner sur la cuisine. Il tenait une bière à la main.

Jean-Luc demanda les toilettes.

«En face, répondit l'autre.

— Vous parlez français!?»

— Oui», grogna l'homme.

Jean-Luc ne trouva pas l'interrupteur, pissa dans le noir et à tâtons. Il essuya soigneusement le contour du bol de toilette avec la pochette de sa veste saharienne. Il n'avait pas trouvé de papier hygiénique dans l'obscurité. En sortant, il s'excusa d'avoir bien involontairement troublé l'intimité de ses hôtes forcés et proposa de partir.

«Vous êtes ici. Restez!», répondit laconiquement l'homme. Il disparut dans la cuisine.

De nouveau seuls dans la chambre du bébé, les deux étudiants ne savaient que faire. Annette fit se redresser Jean-Luc, tapota le lit pour en ôter les plis.

«On s'en va. On va coucher dans la voiture. Ce ne sera pas la première fois, dit-elle.

— Non! Il veut qu'on reste.»

L'homme frappa à la porte de la chambre. Ils sursautèrent. L'homme entra, tenant trois bouteilles de bière; il en offrit une à chacun et s'en déboucha une. Annette, qui n'aimait pas la bière, la but cette fois avec plaisir. Ensemble, ils sirotèrent de la bière et discutèrent une bonne partie de la nuit. L'homme était routier et s'appelait Andreï Todorov. Il avait appris le français à l'école et le jargonnait assez pour se faire comprendre. Ça lui servait quand il livrait des marchandises à l'Ouest. Il ne pouvait se réfugier en Allemagne – la RFA évidemment – ou ailleurs parce que sa femme et son fils ne pouvaient sortir du territoire. L'ami de Popov, qui était un des responsables de la cellule du parti communiste sofiote, avait pu réquisitionner son appartement parce que le couple disposait d'une chambre en trop, selon les normes du logement en vigueur. Tant que l'enfant n'aurait pas atteint un certain âge, ils n'avaient droit qu'à une seule chambre, une cuisine, un coin repas et une salle de bain. Il reconnut certains avantages du régime socialiste. Considérés comme biens essentiels, le prix des loyers était bas. Il en était de même du transport en commun et tous les soins médicaux étaient gratuits... Il n'en restait pas moins que son seul désir était de fuir à l'Ouest en compagnie de sa famille.

Aux petites heures du matin, Andreï Todorov les quitta en leur souhaitant un bon séjour en Bulgarie. Lui, serait déjà au volant de son camion semi-remorque, quand ses visiteurs imposés se réveilleraient.

Au début de la matinée, alors que les étudiants venaient à peine de s'éveiller, l'épouse de Todorov pénétra dans la chambre. Elle leur fit comprendre que quelqu'un les demandait. Annette la suivit dans le couloir. L'ami de Popov était là, sur le palier, pratiquement au garde-à-vous.

«Vous avez bien dormi?... Je vous attends en bas avec le chauffeur. Je vous invite à déjeuner, vous rencontrerez ma fille et mon gendre qui sont professeurs au *gymnase** de Varna.»

L'épouse de Todorov semblait déçue du départ précipité des étudiants. Elle leur avait préparé un petit déjeuner. Elle avait mis une nappe à carreaux aux couleurs vives, placé les couverts et ajouté un bouquet de fleurs coupées au le milieu de la table. Inutile. La petite fête n'aurait pas lieu. Annette fouilla dans son sac, y retrouva un jouet d'artisanat local qu'elle destinait à son neveu. Elle pénétra dans la chambre du couple. L'enfant jouait, assis au milieu du lit défait. Il souriait. Elle l'embrassa sur le front et laissa le petit cadeau sur le lit. Sa mère avait les yeux brillants d'émotion, à la limite des larmes. Annette l'embrassa, elle aussi. Jean-Luc fit de même. On échangea quelques *mercis** et *dovichdénia ** pour rompre un silence trop lourd.

La porte se referma sur des regards pleins de regrets qui resteraient longtemps gravés dans les âmes.

Le retour vers l'appartement de l'ami de Popov ne ressembla en rien à la chevauchée de la veille, pourtant le trajet parut moins long.

C'est l'épouse de l'ami de Popov qui accueillit chaleureusement les visiteurs. On leur présenta Anouchka, leur fille, professeure de français, et son mari Alekseï qui enseignait les mathématiques dans le même collège. C'est au cours de ce repas qu'ils apprirent, entre deux cuillerées de confiture de roses, que Victor Hugo était considéré comme un écrivain de premier plan en Bulgarie. Gavroche, sur ses barricades, était donné en exemple aux jeunes étudiants bulgares. Hugo était donc devenu le modèle de l'intellectuel solidaire de la classe ouvrière. Anouchka citait en exemple *Les Misérables*, roman dans lequel Hugo s'insurgeait contre la misère du peuple. Le romancier connaissait fort bien le sort réservé aux ouvriers; n'avait-il pas demandé à son cousin, Adolphe Trébuchet, de lui fournir les données statistiques des égouts de Paris en 1836? Jean-Luc, bien qu'ébloui par de telles connaissances précises, tenta de nuancer l'image qu'on lui présentait de Victor Hugo. Il se souvenait vaguement que ce dernier avait été aussi député conservateur de droite... Il resta cependant convaincu que l'interprétation d'Anouchka était fortement orientée. Quant à Alphonse de Lamartine – Anouchka insistait sur la particule *de* –, il passait pour un fieffé réactionnaire exploiteur de la classe ouvrière. Jean-Luc qui savait que le poète avait fini dans la misère n'insista pas. Il n'était pas sur son terrain. Anouchka continuait à passer les écrivains français dans sa grille d'analyse; d'un côté, on y trouvait encensés Camus, Sartre, Aragon, et de l'autre honnis Claudel, Mounier, Francis James...

L'ami de Popov admirait sa fille qui était en train de clouer le bec à un étudiant français sur sa propre littérature nationale. Alekseï, qui n'entendait rien au français, déjeunait avec sa belle-mère, observait Annette qui leur parlait par gestes, Anouchka étant trop occupée pour traduire.

À la fin du déjeuner, on leur donna les coordonnées du directeur du gymnase de Varna qui se ferait un plaisir de les héberger, lors de leur séjour au bord de la mer Noire.

Le père leur proposa de visiter une ferme coopérative à Tolbuhin, en Dobroudja méridionale. Il leur écrirait une lettre de recommandation à l'intention du président de cette ferme modèle, c'était un de ses amis. La visite serait d'autant plus aisée que la fille du président étudiait la langue française.

À la fin du repas, Alexis Popov fit son apparition. C'était un petit homme aux cheveux blancs, à la moustache taillée avec soin. Annette remarqua ses mains, de belles mains fines aux ongles soignés. Le français très littéraire qu'il utilisait allait de pair avec son allure aristocratique. Il n'avait qu'un très léger accent, ne commettait à peu près pas de fautes, beaucoup moins que la bouillante Anouchka. Il fit pénétrer les deux étudiants chez lui, leur attribua une chambre et leur proposa de se reposer. Annette et Jean-Luc retrouvèrent les senteurs de naphtaline de la maison de la montagne et aussi le portrait de Staline. Juste comme ils commençaient à somnoler, Alexis Popov leur apporta des journaux francophones: *Rouge* publié à Genève, *l'Humanité* du parti communiste français et *l'Express*. Il s'excusa, puis sortit discrètement. Jean-Luc parcourut les journaux, lut à Annette deux extraits de deux versions du retrait des conseillers militaires soviétiques d'Égypte: pour *Rouge*, les camarades avaient terminé leur travail de restructuration de l'armée égyptienne; pour *l'Express*, l'Égypte effectuait un spectaculaire renversement d'alliance.

En après-midi, Popov les emmena faire un tour de ville à pied et déguster des crèmes glacées à la rose. Il se révéla un guide de tout premier ordre. Il connaissait tout de Sofia, attirait leur attention sur les moindres détails historiques, architecturaux, géographiques. Il jouissait d'une mémoire peu commune, jonglant avec les dates, les personnages et les événements. Il apparaissait comme l'archétype-de-l'homme-d'affaires-très-début-du-siècle, dont la famille bourgeoise avait exigé qu'il finisse brillamment ses humanités avant d'embrasser une carrière économique.

Annette lui demanda comment il se faisait qu'il pouvait se procurer des numéros de *l'Express*.

«C'est mon ami que vous avez rencontré qui me les donne, de temps en temps. Le magazine est confisqué par la douane», puis il passa à autre chose.

Il leur apprit comment prendre le trolleybus. C'était beaucoup plus avantageux – cinq *stotinkis** – que d'utiliser leur voiture. Les deux étudiants s'étonnèrent de constater qu'il n'y avait pas de contrôleur, les passagers poinçonnaient eux-mêmes leur ticket à l'intérieur du wagon. Plus tard, au cours de leur séjour sofiote, il leur arriva même de prendre expressément le trolleybus pour essayer d'y surprendre des resquilleurs. Les voyageurs, immanquablement, se dirigeaient vers le fond du wagon, introduisaient leurs billets dans une petite perforatrice, actionnaient le bras de levier manuel. Comme les deux visiteurs voulaient vérifier si des contrôleurs anonymes ne se faufilaient pas parmi les voyageurs, ils ne poinçonnèrent plus, à de nombreuses reprises – ils auraient eu l'excuse d'être touristes –; personne ne les importuna et tous les passagers continuaient à utiliser le transport en commun, avec civisme.

Les étudiants se sentaient bien en compagnie de Popov. Assis à la terrasse d'un café inondée de soleil, les deux hommes buvaient de la bière fraîche et Annette un ersatz de coca-cola, quand celle-ci sortit de son sac une lettre de Radka qu'elle tendit à Alexis Popov. Il prit le temps de la lire. Annette et Jean-Luc guettaient ses réactions. Rien. La belle calligraphie violette de Radka se déroulait régulièrement au rythme des pleins et des déliés, énigmatique.

En fin d'après-midi, l'ami de Popov les rejoignit à une autre terrasse. Ils allèrent manger au restaurant que les étudiants avaient découvert la veille. Le personnel reconnut les deux Français, mais semblait cette fois plus empressé et peut-être un peu plus guindé aussi. Ils traversèrent la salle et on les dirigea vers une pièce du fond. La décoration avait été refaite et étalait un mauvais goût ostentatoire. Les clients étaient presque tous en habit et les épouses en robe longue. L'ami de Popov en salua quelques-uns mais un plus grand nombre se leva ou fit un signe de tête lorsque le petit groupe traversa la salle pour s'approprier une table, près d'une scène légèrement surélevée qui meublait le fond de la pièce.

La carte, pour laquelle il y avait au moins deux traducteurs, ne représentait plus aucune difficulté pour les étudiants même si elle était beaucoup plus diversifiée que la veille. À la grande surprise des deux Français, un orchestre, qui avait pris place sur scène pendant l'apéritif, entama la Marseillaise comme toute première pièce musicale. Ils remercièrent les musiciens d'un signe de tête, puis on poursuivit avec le Danube bleu. Le repas dura fort longtemps. On le prolongea par de nombreux derniers verres. L'orchestre joua jusqu'au moment où les quatre derniers clients quittèrent la salle.

Les jours suivants, Alexis Popov leur servit encore de guide. Sa compagnie était toujours aussi agréable. Tous les midis, le trio mangeait dans des libre-service, sortes de cantines bondées d'ouvriers. On y consommait la plupart du temps debout, le plateau posé sur une étagère de bois fixée au mur. Le soir, ils dégotaient de petits restaurants en plein air où l'on servait les mêmes menus à base de viande hachée et d'abats toujours très épicés. C'est au cours de l'une de ces soirées où les Sofiotes déambulaient pour emmagasiner un peu de fraîcheur qu'ils firent la connaissance du «Tonneau». C'était un des amis de Popov. Il était l'antithèse de ce dernier. Autant Popov était discret, autant l'autre était exubérant. Alors que Popov était d'une minceur d'ascète, le «Tonneau» débordait de partout, affichait un teint rougeaud de bon buveur, ce qui accréditait d'autant plus son surnom. Le «Tonneau» ne comprenait pas un traître mot de français, hormis le nom des grands crus de Bordeaux et de Bourgognes, et demandait sans arrêt qu'on lui traduise. Il raconta des histoires de bureaux de vote truffés de mouchards dans les cloisons des isoloirs. Il narra des anecdotes relatives à des trucages électoraux grossiers. Finalement il en riait, et tant qu'il resterait du vin en Bulgarie, il pensait être capable de supporter le régime. À propos de vin, il expliqua qu'il y avait deux sortes de vins en Bulgarie, le rouge et le blanc, le reste était juste une question d'étiquette. Quand une imprimerie était en panne, il y avait moins de sortes de vins et quand elle redémarrait, il y en avait plus. Le «Tonneau» attendait que Popov ait traduit, guettait les réactions des Français et éclatait d'un rire sonore.

Alexis Popov évoqua la lettre que Radka lui avait fait parvenir. Radka semblait aux abois. Elle confiait que la vie devenait de plus en plus difficile pour elle. Elle avait l'impression qu'une sorte d'étau invisible se resserrait autour d'elle. Elle craignait même pour sa sécurité. Popov trouvait que Radka exagérait sûrement, mais convenait que son amie pouvait très bien être l'objet de quelques tracasseries administratives mesquines. Contrairement à lui, Radka n'avait jamais composé avec le régime en place. Elle avait toujours fait opposition, y compris depuis que son mari n'était plus là pour la protéger. Les temps avaient changé, une autre génération de fonctionnaires et de politiciens locaux, qui n'avaient pratiquement rien connu d'autre que le socialisme, remplaçait peu à peu la génération des vétérans. Les jeunes n'avaient contracté aucune dette envers l'avocat Atanasov, et Radka malgré tout n'avait presque rien perdu de son intransigeance. Popov lui, avait réussi à s'accommoder plus ou moins bien de la situation politique. Quand on lui imposa Staline, il mit la photo du «Petit père des peuples» chez lui. Elle y était encore, c'était sa seule marque d'opposition, depuis dix ans. Mis à part le portrait de Staline, il affichait une neutralité bienveillante à l'égard du pouvoir politique. Jamais, il n'avait mis son ami pourvoyeur de l'*Express* et haut responsable du parti communiste bulgare dans la situation inconfortable de choisir entre sa fidélité en amitié et la fidélité politique. Il avait même accepté de jouer, de temps à autre, le rôle de conseiller œnologique pour des vignobles d'État, lorsqu'il était à la retraite. Sa bonne volonté lui donnait droit à la quiétude et comme, avant la tourmente, il avait eu l'intelligence de garnir un petit compte en Suisse, sa situation financière n'allait pas trop mal. Le pouvoir actuel n'avait rien contre des rentrées de devises capitalistes, pour peu que l'opération fût menée discrètement.

Popov devait tenir d'autres propos au «Tonneau», en guise de traduction, car celui-ci riait souvent et opinait constamment.

En ce qui concernait Radka, le meilleur service à lui rendre, selon Popov, était de ne pas séjourner trop longtemps chez elle. Ça faisait deux couples de Français qu'elle recevait en peu de temps. Le mieux serait d'aller à l'hôtel, s'ils voulaient encore rester quelques jours à Botevgrad. Non, affirma Popov, Radka ne risquait rien, mais vu l'état d'esprit dans lequel elle se trouvait, il valait mieux ne pas donner prise à la moindre tracasserie administrative qu'elle aurait transformée en persécution.

Au cours de leur séjour à Sofia, les deux étudiants rendirent visite au clown-pianiste rencontré à Botevgrad. Contrairement aux allégations de Radka, l'artiste s'attendait à leur visite, et l'adresse qu'il leur avait donnée était la bonne. Dès qu'ils furent introduits dans le minuscule appartement de la famille du pianiste, ce dernier s'installa au clavier d'un piano à queue qui occupait tout l'espace de la pièce salle à manger-salon. Tout, l'exiguïté de la pièce, le tapis à larges motifs vieil or, les chaises ouvragées basses comme des prie-Dieu, la fumée sucrée des cigarettes turques que l'artiste fumait à la chaîne, le poli un peu terni du piano dont il eût été passionnant d'interroger l'antique mémoire, les reflets rouge et brun des lourdes tentures qui masquaient la lumière du jour de l'unique fenêtre et assourdissaient la vie de la rue, absolument tout conférait au lieu la gravité imposante d'une sacristie. Les deux étudiants étaient assis côte à côte sur des chaises droites, dos au mur, le menton à quelques centimètres du piano. Le musicien semblait transformé, comme grandi, dans la semi-obscurité. De ses longs doigts d'albâtre, il disposait une partition sur le lutrin de bois verni avec la dignité d'un moine copiste. Ses mains blanches particulièrement ossues contrastaient avec une luminosité lunaire dans la pénombre. Puis, ses mains prirent leur envol pour se poser sur le clavier. Tantôt, elles se promenaient en de longs parcours, se dépassant l'une l'autre, prises d'une course frénétique, tantôt elles rebondissaient sur les notes et virevoltaient comme dans une danse nuptiale d'oiseaux-mouches. À peine s'étaient-elles reposées un court instant qu'elles repartaient d'un pas lourd de marche funèbre, essoufflées, épuisées, ou alors elles titillaient dans un coin, en proie à des démangeaisons électriques, comme des mantes religieuses prêtes à tout dévorer. Elles étaient totalement imprévisibles. Elles ne se posaient jamais où on les attendait, ne laissaient jamais assez de répit à l'œil pour saisir l'instant d'un nouveau départ. Quand les deux étudiants les prévoyaient dociles, caressantes, amoureuses de l'ivoire, elles se faisaient agressives et enfonçaient les touches avec le martèlement de la grêle. Par contre, quand ils sentaient qu'elles allaient se déchaîner, elles se faisaient douces et ondoyantes comme le dos d'un chat qui s'étire, juste avant de vous griffer.

Pendant toute la durée de leur visite, le pianiste ne prononça pas un seul mot, sauf pour prendre congé, car il avait une réunion. Sa femme et sa fille, en silence, servaient des cafés turcs dans des tasses en faïence et des chocolats fins enveloppés dans du papier doré. Lui, il continuait son récital, possédé du désir de transmettre l'indicible. Ce fut sûrement le discours le plus subversif dont ils furent les confidents. Il y avait là des révélations à se faire damner. Il y avait là toute la rage, toute la fierté bafouée d'un clown alcoolique qui aurait pu être un grand pianiste. Mais comment faire comprendre à Radka que le clown était un faux clown, mais qu'il était un vrai pianiste? Comment la rassurer, lui dire que celui qui titubait dans les rues de Botevgrad, titubait pour de vrai parce qu'on l'avait amputé de son piano. Comment lui raconter tout cela, se dirent les étudiants une fois dans la rue, sinon en lui parlant de ses mains?

***

«Jean-Luc, ce pays est assis sur un volcan.»

Annette venait de s'asseoir sur le front d'un rocher usé au bord du sentier muletier. Jean-Luc fut un peu surpris. Ce verdict tombait comme un couperet, après une bonne heure d'ascension silencieuse à près de mille cinq cents mètres d'altitude, alors que l'air était plus rare et leur souffle court. Pendant toute cette marche, Annette avait fait un bilan des derniers événements et en était arrivée à la conclusion: «Ce pays est assis sur un volcan.»

Jean-Luc lui, restait tout imprégné de la beauté du monastère de Rila, sorte de forteresse érigée à plus de mille cent mètres par des moines, autour du dixième siècle. Ce lieu saint, perdu au milieu de la chaîne montagneuse des Rhodopes, avait été transformé en un musée particulièrement riche en collections d'icônes, de livres anciens, de sculptures sur bois, de pièces d'orfèvrerie et de fresques.

Après la visite du monastère, ils avaient cheminé quelques kilomètres sur la route de montagne, pour déboucher dans une sorte de vaste replat herbeux où les arbres étaient épars. C'était là que s'arrêtait la route. Ils poursuivirent leur ascension à pied par un petit chemin escarpé creusé au flanc de la montagne. Ils avaient éprouvé un besoin de solitude après leur séjour très rempli à Sofia. C'était aussi l'occasion de faire le point.

Annette confia à Jean-Luc que ce n'était pas les prédictions de la manouche qui l'obsédaient, mais sa non-assimilation au régime socialiste ainsi que la résistance légendaire de son peuple tzigane. Ce n'était pas tant la paranoïa de Radka, mais son opposition tenace qui la fascinait. Il y avait eu, depuis leur séjour bulgare, une foule de détails, comme les confidences de la dame à la sortie de la cabine téléphonique, la fausse indifférence du «Tonneau», la confession à retardement de Popov, l'accueil forcé chez les Todorov, la fougue du pianiste, qui cautionnaient l'existence d'un germe sournois de révolte. Elle n'aurait su l'identifier, ni même prévoir où et quand le volcan exploserait, mais elle était persuadée que le régime basculerait un jour. C'était une sorte de prémonition politique, née de l'oppression qu'elle ressentait. Jean-Luc la rassura, mais elle connaissait tous ses arguments rationnels. Elle savait qu'ils n'avaient rencontré que des éclopés de la collectivisation qui ne s'étaient pas privés d'étaler leur amertume d'avoir perdu leurs privilèges. Elle reconnut avec son ami qu'il fallait rencontrer d'autres personnes, des jeunes, des étudiants, des agriculteurs d'une ferme coopérative. Il fut décidé que dès le lendemain, ils iraient récupérer le reste de leurs bagages entreposés chez Radka. De Botevgrad, ils mettraient le cap sur la mer Noire en faisant une escale à la ferme de Tolbuhin, où ils remettraient leur lettre de recommandation à l'intention du président.

Ils reprirent leur ascension. La tranquillité de la montagne était impressionnante. Lors de chaque pause, de plus en plus rapprochée, ils écoutaient la nature sauvage. D'abord, c'était le silence. Puis, l'oreille s'habituait et le lieu s'animait d'une multitude de sons. Quand ils repartaient, le bruit de leurs pas leur semblait disproportionné. La sévère beauté du paysage, où les épinettes et les sapins semblaient sortir tout droit des escarpements des rochers, la rareté et la froideur de l'air, l'écho de leurs pas ou d'un caillou qui dévalait un ravin, conféraient à leur marche dans la montagne la solennité d'un pèlerinage. En fin d'après-midi, ils étaient de retour dans la clairière, vaguement inquiets d'avoir abandonné leur voiture en pleine nature, pendant plusieurs heures. La surprise fut de taille. Le lieu n'était plus désert et c'est après avoir marché quelques pas qu'ils aperçurent leur auto cachée par quatre ou cinq énormes camions stationnés tout près. Des dizaines de personnes étaient éparpillées un peu partout. Certains groupes avaient déjà allumé des feux de bois mort et ça sentait la résine. D'autres dépliaient de grandes guitounes de toile grise.

«On va avoir des voisins pour la nuit, commenta Jean-Luc.

—Je préfère ça», répondit Annette.

L'arrivée des deux touristes provoqua une certaine curiosité, mais c'est surtout lorsqu'ils se mirent à monter leur tente aux couleurs vives qu'il y eut un grand intérêt.

Des hommes et des femmes aux vêtements sombres se relayaient autour de la tente des étudiants. Volubiles, ils commentaient, riaient, demandaient la permission de palper le tissu ou de regarder à l'intérieur et affichaient des airs dubitatifs. D'autres camions arrivaient encore. Dans les bétaillères, on avait installé des bancs de bois où prenaient place une vingtaine de personnes. Les femmes tenaient leur fichu de coton sur la tête, des hommes enfonçaient leur casquette pour se protéger du vent. Dès que le camion s'arrêta et avant même qu'on eût ouvert l'arrière, les hommes enjambaient les ridelles à claire-voie, descendaient par grappes le long des flancs du mastodonte et se précipitaient à l'arrière pour aider les femmes.

Déjà, on entendait quelques accents aigrelets de musique ou des débuts de chansons à répondre qui se mouraient après quelques notes. Le campement des étudiants, un peu à l'écart au début, se trouvait maintenant cerné de tentes beaucoup plus rustiques. La clairière était devenue un village de toile de centaines d'habitants et éclairé par de nombreux feux de camp.

Il y eut un signal. Une sorte de cri de gorge aigu et stridulé. Un cri de femme. Puis la rumeur commença, sourde dans la nuit, sortie du ventre du roc et propulsée le long des fûts des conifères. Le campement s'était transformé en grandes orgues qui prenaient leur respiration avant d'entamer les pleins jeux. Les voix jaillirent accompagnées par le souffle puissant des *gaïdas** qui se répondaient.

Les femmes, les hommes, les jeunes, les vieux, tous mêlés, s'étaient levés pour former un immense serpent qui se déroulait entre les arbres et les feux. Les danseurs se tenaient par la main ou la posaient sur l'épaule du voisin. La musique se faisait de plus en plus rapide. Jean-

Luc et Annette furent happés par des mains anonymes. Ils se laissèrent pénétrer par le rythme comme s'ils avaient, toute leur vie, su danser la *Hora**. Des centaines de personnes dansaient et chantaient. Les musiciens gonflaient les peaux de chèvre de leurs cornemuses comme pour les faire éclater. D'autres marquaient la cadence en frappant sur des troncs. La fête était née spontanément et avait éclos dans la nuit. De temps à autre, quatre ou cinq danseurs décrochaient, d'autres les remplaçaient. On s'asseyait un peu pour reprendre son souffle, boire du thé à la menthe ou de la bière. Personne ne parlait français, mais les deux étudiants apprirent que les visiteurs provenaient de différentes fermes coopératives. Ils étaient venus voir le monastère de Rila en camions. Ils devaient repartir le lendemain. Chaque fois que Jean-Luc sortait du cercle des danseurs, on lui offrait une bière pour trinquer avec lui et lui souhaiter la bienvenue.

Tard dans la nuit la fête mourut, un peu comme un feu, avec de temps en temps et d'un endroit à l'autre un chant qui se rallumait, comme une brindille qui s'enflamme, brillante et éphémère.

Il faisait froid. Le serein mouillait le vinyle de la tente d'une infinité de perles argentées qui tremblaient sous la lumière crue de la lune. Jean-Luc et Annette se mussèrent dans leur minuscule abri. Ils se blottirent l'un contre l'autre en chien de fusil dans le même sac de couchage. Ils disposèrent le deuxième par dessus. Avant de s'endormir à moitié ivre de bière, Jean-Luc murmura:

«J'ai même rencontré des paysans heureux.

— Moi aussi», répondit Annette.

Le lendemain matin, lorsque la chaleur du soleil les réveilla, il ne restait plus que leur campement. Les derniers camions s'en allaient. Des rectangles d'herbe tassée et humide marquaient les emplacements des tentes de la veille. Quelques brandons noircis et des tas de cendres grises attestaient que les étudiants n'avaient pas rêvé.

IV

À Botevgrad, l'appartement de Radka était fermé. Radka restait introuvable. Les personnes de la boucherie ne furent d'aucun secours. Elles ne comprenaient rien à ce que demandaient les étudiants. Chaque fois qu'elles entendaient prononcer le nom de Radka, il y en avait toujours une qui pointait son doigt vers le plafond.

«Bon Dieu de merde, j'sais bien qu'elle habite au-dessus, gueula Luc. Mais elle est pas là. C'est fou comme dans ce putain de pays personne ne parle français quand on en aurait besoin. Et, quand vous avez envie qu'on vous foute la paix, il y a toujours un pingouin qui vous attrape par le colback pour vous hurler dans les oreilles que Lénine est le pire des salauds.

— Bravo! là. Une belle tirade, ironisa Annette, mais ça ne nous dit pas où est Radka.»

Un des employés répéta «Radka» en pointant le plafond de son index.

«Viens, Annette, sortons avant que j'en accroche un à un S de boucherie.»

Ils passèrent la nuit dans un hôtel de Botevgrad au confort spartiate. On leur loua deux chambres car ils ne réussirent pas à prouver qu'ils étaient mariés. Leurs passeports que confisqua le réceptionniste ne portaient pas les mêmes noms. Jean-Luc voulut les récupérer. On lui fit comprendre qu'ils les auraient le lendemain, à leur départ. C'était l'usage.

Le lendemain, Radka n'était toujours pas réapparue. En s'agrippant aux entrelacs de la vigne vierge et à la base du dormant de la fenêtre, Jean-Luc constata que la maison avait dû être abandonnée subitement. La cuisine n'avait pas été rangée.

Au poste de police, c'est un jeune policier au visage poupin et totalement imberbe qui les reçut. On s'affaira beaucoup. Des policiers ouvraient et fermaient des portes, traversaient le bureau de la réception. Annette et Jean-Luc reconnurent le père de la jeune élève de Radka. Le policier souriaït. Il leur tendit la main.

«Allons zenfants! Bonjour. Vous, venir avec moi. Radka malade.»

Le trio pénétra dans une chambre commune de l'hôpital. Le lit de Radka était au fond, près de la fenêtre. Radka avait une ecchymose violette qui occupait tout le front et une deuxième plus petite sur la joue. Son bras droit était soutenu en écharpe par un linge blanc qui faisait le tour du cou. Ses doigts gonflés sortaient d'un plâtre trop serré qui emprisonnait tout le bras à partir de l'épaule. Le policier salua Radka et prit immédiatement congé.

La vieille femme semblait un peu perdue. Elle mit un certain temps avant de réagir. Le va-et-vient des infirmières et des infirmiers poussant des chariots blancs était obsédant comme un essaim d'abeilles affolées par la présence d'un intrus. De temps en temps, le brimbalement des fioles de verre et des divers objets métalliques cessait quand un chariot s'arrêtait au chevet d'un malade. Puis, la noria reprenait de plus belle dans une atmosphère chaude, humide et chargée d'émanations d'alcool et d'éther. De vieilles femmes en noir veillaient leurs malades, égrenant des chapelets imaginaires de leurs doigts noueux.

Radka confia à ses jeunes amis qu'elle était tombée dans l'escalier extérieur de sa maison. Une marche avait cédé. C'était sa deuxième journée à l'hôpital. Elle racontait par bouts de phrases entrecoupés de longs silences.

Elle avait le souffle court et la diction pâteuse des fiévreux. En arrivant à l'hôpital, on lui avait plâtré le bras... On lui donnait des calmants... Trop... On la droguait, affirmait-elle. On voulait lui faire oublier ce qui s'était passé... Mais elle n'oublierait pas... La Tzigane avait raison... On en voulait à sa vie... C'était comme avant... Elle fuirait à Paris... Des amis l'attendaient depuis dix ans... Elle pourrait vivre à Paris sans problème... Elle avait des devises dans un compte à l'Ouest...

Une infirmière arrêta son chariot au pied du lit. Elle fractura la pointe d'une ampoule de verre dont elle aspira le liquide dans une seringue. Radka se tourna docilement sur le côté, releva sa robe de nuit. L'infirmière frotta vigoureusement un carré de peau laiteuse hérissée de picots bleuâtres avec un tampon imbibé d'éther. Les narines de Jean-Luc frissonnèrent. L'infirmière enfonça l'aiguille. Tout le corps de Radka frémit. La soignante prit tout le temps voulu pour injecter le liquide. En retirant l'aiguille, une fine goutte de sang perla. Elle l'essuya avec un autre tampon imbibé. Elle massa la cuisse pour faire circuler le produit. Le corps de Radka se détendit. L'infirmière l'installa confortablement, lui sourit et lui murmura quelques mots. Radka s'assoupit. Annette et Jean-Luc se retirèrent discrètement.

Le policier les attendait dans le hall de l'hôpital. Par gestes, il leur demanda où ils comptaient dormir. «Hôtel», répondit Jean-Luc.

Il les accompagna. Le réceptionniste de la veille conversa avec le policier. On leur offrit une seule chambre, commune. On ne leur demanda pas leurs passeports. Cette fois le réceptionniste prit les bagages, s'effaça pour laisser passer Annette et échangea un clin d'œil complice avec Jean-Luc qui aurait aimé l'envoyer au diable.

Dans la soirée, ils déambulèrent dans Botevgrad. Ils

avaient l'impression que c'était leur ville, leur port d'attache dans ce pays. Ils se rendirent chez Radka pour vérifier l'état de l'escalier. La marche avait été remplacée.

Le lendemain matin, la malade avait changé d'allure. Elle était assise dans son lit. Elle lisait. Son visage, bien que toujours meurtri, semblait reposé. On l'avait coiffée. Elle offrit des chocolats aux étudiants gênés d'arriver les mains vides. Radka voulait savoir ce qu'ils avaient fait depuis leur dernière rencontre. Annette et Jean-Luc évoquèrent Popov et les visites guidées de Sofia, ils firent mention du «Tonneau» qu'elle ne connaissait pas. L'évocation du monastère de Rila déclencha une cascade de souvenirs chez la vieille femme. Elle y était allée de nombreuses fois avec son mari. Elle n'eut aucune réaction au récit qu'ils firent du concert privé chez le clown-pianiste. Ils en furent déçus. Elle ne parla pas non plus de «son accident», mais de l'hospitalisation qui ne devait pas excéder deux ou trois jours. Elle fut heureuse d'apprendre que les étudiants projetaient d'aller au bord de la mer Noire. Elle leur conseilla de partir tôt pour être à Tolbuhin en soirée. Cette région de plaine, en bordure du Danube, était plus riche que la région de Botevgrad. La ferme qu'on leur ferait visiter serait plus intéressante qu'une coopérative d'élevage en montagne.

Les deux étudiants promirent de revenir après leur séjour sur la côte de la mer Noire. Ne devaient-ils pas récupérer le surplus de bagages laissé chez Radka? Ils n'en auraient pas besoin pour la suite de leur périple, le gros camping-gaz était inutile. C'était moins cher de manger au restaurant que de faire des courses dans des magasins où ils ne trouvaient rien, sinon des conserves hors de prix. Radka était heureuse à la perspective de revoir Annette et Jean-Luc une troisième fois avant leur retour en France.

V

La fille du président de la ferme coopérative de Tolbuhin n'avait qu'une douzaine d'années et parlait très peu le français. Le minuscule dictionnaire qu'elle avait apporté passait de mains en mains. Annette et Jean-Luc, accompagnés du président et de sa fille, parcouraient la ferme à l'aide d'une jeep soviétique pilotée par un ouvrier. L'exploitation agricole était très étendue et la visite des différentes unités de production prit plusieurs heures. La machinerie agricole était impressionnante. Les tracteurs pour épandre les insecticides sur les champs de maïs avaient des empennages de gicleurs larges comme les ailes d'un avion. Le président demanda à un technicien d'actionner le système. Une pluie fine, dans laquelle se décomposait la lumière du soleil, s'abattit sur les feuilles vertes. Le système d'irrigation des rizières par canaux et écluses était un véritable labyrinthe. Des vergers de pêchers et de pommiers s'alignaient à perte de vue. Un jeune chercheur universitaire qui effectuait un stage d'été dans cette ferme expliqua que bientôt les fruits seraient ramassés mécaniquement. Il était très heureux de rencontrer les deux Français, d'autant plus qu'il avait fait une partie de ses études à Bordeaux. Il précisa, avec enthousiasme, qu'on étudiait des moyens d'augmenter l'enracinement des pêchers. Il existait déjà une machine qui déployait une sorte de parapluie à l'envers autour des troncs des arbres fruitiers pour recueillir les fruits, pendant qu'un vibrateur pneumatique secouait l'arbre. Le président offrit un cageot de pêches bien mûres à ses deux visiteurs. Le jeune ingénieur proposa d'accompagner le groupe pour la suite de la visite. Dans son bureau, sur le mur se déployaient de grands plans aux couleurs vives qu'il commenta. L'objectif du ministère de l'Agriculture était de développer, exposait-il, toutes les unités agricoles du pays selon des modèles précis de rationalisation et de modernisation. On leur offrit des chocolats, un verre d'eau glacée et un dé à coudre de Raki.

Le groupe s'entassa à six dans la jeep pour se rendre à l'unité d'élevage des vaches laitières. Devant un grand tableau ponctué de voyants lumineux, on les informa que la lactation et la quantité de nourriture étaient contrôlées par ordinateur. On les mit au fait des principes généraux de la sélection génétique permettant de développer certaines souches plus performantes.

Le président mit à contribution les qualités d'interprète de son stagiaire afin d'exposer le programme qu'il réservait aux étudiants pour les jours à venir. Le soir même il les invitait chez lui. Après le souper, il les ramènerait à la ferme pour la veillée et la nuit. Lui, devait partir le soir même pour Balčik rejoindre ses ouvrier agricoles qui écoulaient leurs vacances au bord de la mer Noire. Eux aussi pourraient profiter de ce camp de vacances de Balčik, dès le lendemain, s'ils le désiraient. Il inscrivit les coordonnées sur une feuille en utilisant les deux alphabets.

Il faisait nuit noire quand les étudiants se joignirent à un groupe d'hommes qui prenaient le frais dehors, devant l'un des bâtiments de la ferme. On leur fit immédiatement une place. Tous buvaient de la bière ou du Raki. Jean-Luc les accompagna bien volontiers. Annette, qui refusait jusqu'à l'odeur de la bière, fut pratiquement contrainte d'accepter un verre d'eau-de-vie avec lequel elle s'étouffa. Elle pleura et éternua au milieu des sourires amusés. Un des hommes qui jargonnait l'anglais affirma qu'il était pilote d'avion pour la ferme. Il servit d'interprète pendant toute la soirée. Au milieu de la nuit, pendant que chacun regagnait l'endroit où il s'endormirait rompu de fatigue et d'alcool, le pilote proposa de leur montrer son avion. Il démarra une jeep. Les phares déchirèrent la nuit. Les deux étudiants, n'osant refuser, prirent place dans la jeep. Le pilote fonça vers les rizières. Les digues défilaient, tantôt en ligne droite, tantôt en ligne brisée, comme un ruban lumineux jailli d'un dévidoir emballé. Souvent, elles paraissaient plus étroites que l'empattement de la jeep. Enfin, le monomoteur apparut, imposant, tapi dans la nuit, comme un monstre endormi. Le pilote expliqua qu'il y avait un réservoir d'insecticide et qu'on traitait ainsi les rizières. Jean-Luc prit place sur le siège du copilote. C'était la première fois qu'il s'asseyait dans un petit avion. Le pilote alluma une lampe torche éclairant des dizaines de cadrans en demi-lune. Les symboles en russe ajoutaient encore à l'incompréhension du profane. L'homme mit le contact. Le tableau de bord s'illumina. Des aiguilles blanches et jaunes oscillèrent avant de se stabiliser.

«Non, hurla Annette.

— Qu'est-ce qu'il y a? demanda Jean-Luc.

— Partez-pas. Vous êtes fous. Le pilote est soûl.

— Pense pas qu'il veut décoller.

— She does'nt want we fly», expliqua Jean-Luc au pilote.

Celui-ci montra évasivement la nuit d'encre et sourit.

«I don't fly by night, but tomorrow, if you want, I have a seat for you.»

Jean-Luc rejoignit Annette au pied de l'avion. Elle frissonnait. Son débit de voix était heurté. Elle avait eu peur. Elle avait cru que l'avion décollerait et l'avait imaginé piquer en flammes, illuminant l'obscurité comme une bombe incendiaire.

Le pilote attendait sagement au volant de la jeep. Il roula plus lentement, sans qu'on le lui demande. Il fit divergence en expliquant à ses deux passagers le nombre de vols nécessaire pour traiter toutes les rizières. L'atmosphère redevint normale.

Avant de s'endormir sur le divan-lit d'un petit bureau qu'on avait mis à leur disposition, Annette et Jean-Luc faisaient le bilan de leur journée. C'était pour ainsi dire la première fois qu'ils pouvaient échanger avec des gens qui ne s'opposaient pas ouvertement au régime socialiste. Tous ceux qu'ils avaient rencontrés à la ferme de Tolbuhin semblaient fiers de leur coopérative. D'autres personnes croisées au cours de leur périple, sans s'opposer directement au système, essayaient d'en profiter sans vergogne. C'était le cas du dentiste, fort sympathique pourtant, qui leur avait apporté de son aide quand ils avaient tordu une jante de roue dans un des nombreux nids de poule de la route de Tolbuhin. Ce dernier faisait fructifier un petit atelier de réparation privé avec ses beaux-frères, en plus des soins qu'il dispensait officiellement. Il avait dû congédier un client de sa salle d'attente pour venir réparer la voiture.

Rien n'était simple dans ce pays, remarqua Jean-Luc. Les forces y étaient multiples, souvent antinomiques. Le tout procédait d'une symbiose assez particulière. Une certaine forme d'économie libre et marginale se développait à partir des racines du socialisme. Le matérialisme historique et dialectique de Marx s'était emparé de l'Europe centrale, cette Europe à l'imagination folle, ce pays du Dracul, cette région transylvanienne qui faisait tache d'huile vers le sud. En retour, les forces séculaires et mystiques s'emparaient des moyens de coercition des régimes en place pour ressurgir et pointer du doigt leurs victimes. Dans un tel contexte, l'accident de Radka... Mais Jean-Luc ne voulut pas se l'avouer. C'était trop gros. Trop en contradiction avec le sens qu'il donnait à la vie.

«Hé! Ça te réussit pas de prendre un coup, tu pontifies comme un prof de fac.

— Premièrement, Annette Cavola, j'ai pas pris un coup. Je suis resté un joli bout de temps sur la même bouteille de bière. Deuxièmement, je pontifie pas, j'essaie de rassembler certains éléments du puzzle bulgare.

— Jean-Luc.

— Oui.

— J'ai envie de dormir, je suis crevée.

— Fallait le dire.

— Bonne nuit.»

Ce n'est que tard dans la matinée qu'ils prirent la route en direction de la côte. À peine une heure plus tard, ils pouvaient remarquer que la mer Noire était bleue. Sur la plage de Balčik, elle déployait ses grands rouleaux d'écume blanche qui, en mourant, venaient napper d'humidité brune le sable brûlant. C'était comme si le cœur de la terre avait soif. Il aspirait ces déferlements d'eau en quelques fractions de seconde et le sable blondissait à nouveau, attendant les prochaines vagues.

À l'horizon, là où les bleus du ciel et de la mer se confondaient, les ombres noires de longs bateaux, bâtiments de guerre, s'étiraient et rôdaient comme des félins. Leur faisant face, sur le continent, les hôtels Zlatnipiassati de Balkan-tourist, hautes constructions mornes et blanches, se hérissaient, insolentes, en plein soleil. Entre ces deux lignes, toute l'Europe de l'Est était venue bronzer. On y voyait, pêle-mêle, dans un semis serré de parasols multicolores, des couples de Hongrois, de Polonais, de Roumains, tous allongés, tantôt au soleil, tantôt à l'ombre des abris de toile. Les émanations entêtantes d'huile solaire se mélangeaient aux relents gras des beignes rôtis, offerts par des vendeurs qui devaient habilement slalomer entre les paires de bras et de jambes copieusement graissés.

L'arrivée des deux étudiants à la peau laiteuse intrigua. Un Rudolph Valentino polonais, aux cheveux gominés, aux doigts bagués d'or et qui se disait acteur de cinéma, releva ses verres fumés sur le front et leur proposa de l'ambre solaire. Ses yeux étaient d'un bleu si délavé qu'ils donnaient à son regard transparent, au milieu d'un visage trop bronzé, un petit quelque chose d'inquiétant. Sa compagne avait adopté le style «belle ténébreuse» aux cheveux de jais et aux ongles carmin démesurément longs. Elle minaudait pour s'intégrer à une conversation en anglais dont elle ne comprenait pas un mot. Les banalités du bellâtre n'en prenaient à ses yeux que plus d'importance.

Au camp de vacances de la ferme coopérative, l'accueil que leur réserva le président fut chaleureux et bon enfant. Il mit à leur disposition un des minuscules chalets de bois, sortes d'isbas spécialement construites pour les ouvriers agricoles en vacances. L'intérieur était meublé d'un lit, d'une table, de chaises, et d'un réchaud à deux feux. C'était par dizaines que s'alignaient, le long d'une allée de sable face à la mer, de telles maisonnettes de bois. Leurs occupants, ouvriers en chemisettes de coton blanc et femmes en robes de cotonnades bigarrées, buvaient de la bière, assis sur des galeries plus vastes que leurs demeures. La mer n'attirait que quelques rares baigneurs et la plage était presque déserte. Le président présenta les nouveaux arrivants aux quelques voisins immédiats. On les invita à jouer aux cartes dans un groupe qui semblait prendre plus de plaisir que d'intérêt au jeu. À tout moment, quelqu'un se levait pour aller quérir un objet ou une photo qui passait de main en main avant que ne reprenne le jeu au milieu des rires et des avalanches de commentaires. Chacun posa des questions, en bulgare, en même temps, aux deux étudiants, en leur désignant les cartes. Jean-Luc et Annette tentèrent bien d'expliquer les règles de la belote... À une terrasse voisine, une paysanne en robe de vichy bleu pâle les interpella. Un homme brandit son éventail de cartes en hurlant «belote». Tout un nouveau groupe rappliqua, chaises pliantes à la main. Un des nouveaux arrivants, qui pensait avoir saisi les règles de la belotte, battit les cartes, les distribua en partie, coupa pour déterminer l'atout. C'est là que la confusion la plus totale s'installa dans une cacophonie grandissante d'avis contradictoires psalmodiés, puis hurlés, par des experts plus éclairés les uns que les autres. Finalement, on ne joua pas à la belotte, pas plus qu'au jeu bulgare au nom imprononçable, mais on but de la bière. Beaucoup. Chacun développa quelque habileté pour communiquer et se faire comprendre. Un tel utilisait le dessin, un autre mimait pour expliquer tout et rien: le nombre d'enfants, de frères et de sœurs des uns et des autres, la durée du service militaire en France et en Bulgarie, les villes d'origine des deux étudiants. Jean-Luc dessina une carte de la France. Tout le monde pointa «Pariche». Jean-Luc y fit figurer leurs villes de naissance, leur ville universitaire. Ce qui étonna le plus leurs hôtes, c'est qu'il poursuivit son dessin de l'Europe en y inscrivant leur périple, l'Italie et le col du Mont-Cenis, Milan, Venise, la Yougoslavie et la côte dalmate, Sarajevo et Peč. Il dessina avec application les frontières bulgares. Tous guettaient l'erreur. Il plaça correctement Kalotina, Sofia, Botevgrad, Rila Loveč, Veliko-Tornovo, Târgoviste, Sumen, Tolbuhin et Balčik. On applaudit. On se passa la carte géographique. On leur conseilla d'aller visiter d'autres villes. Varna, Sozopol et Burgas revenaient le plus souvent comme suggestions, des villes qu'ils n'avaient jamais visitées.

Le président de la ferme coopérative vint les retrouver et les invita au restaurant du camp. On but quelques verres d'Ouzo bulgare accompagnés de piments forts. Le vin était généreux. Le ressac de la mer emplissait l'espace, imprimant le même tangage à l'air du soir. Les ouvriers qui avaient soupé chez eux commençaient à arriver pour la veillée. Certains, rencontrés l'après-midi, venaient saluer Annette et Jean-Luc. Un gros homme débonnaire vint leur jouer un air d'accordéon puis disparut comme il était arrivé. Un peu plus tard, à quelques tables de là, l'accordéon reprit un souffle. Jean-Luc, le président et quelques autres en étaient à leur troisième verre de Raki. Annette s'abstenait toujours. Juste un verre de vin au cours du repas.

Maintenant, il y avait foule à la terrasse du bar-restaurant. Et sur le sable à quelques pas, on aménageait déjà un feu. L'air était encore tout imprégné de la chaleur lourde de la journée que le sol restituait. La nuit était pure, sans nuages et pleine d'étoiles. Jean-Luc abandonna ses vêtements et courut se dégriser dans la mer. L'eau était fraîche, revivifiante. Il savourait pleinement cette solitude entre ciel et eau, se laissant ballotter par les vagues. Annette le rejoignit. Elle frissonnait un peu. Il lui massa les épaules et le dos, la colla contre lui...

«T'es fou, Jean-Luc Houelle. Si on nous voyait...», protesta Annette avant de s'abandonner à la sensualité d'une nuit noire et chaude. Après, une vague un peu plus longue vint essuyer l'empreinte des deux corps sur le sable humide.

Ils se séchèrent près du feu qui avait pris de l'importance. On leur apporta des bouteilles de bière. Jean-Luc en saisit une. Annette refusa. L'accordéon jouait toujours et quelques voix l'accompagnaient. Un homme se leva. Le musicien se déplaça à sa table. L'homme accorda sa voix à l'instrument. Il inspira profondément. Son torse se gonfla sous sa chemisette blanche. Les premières notes furent impressionnantes. L'assemblée se tut. Au loin, un son aigrelet de bombarde naquit et s'amplifia en se rapprochant. De temps en temps, les deux instruments se taisaient, laissant la voix seule se déployer dans la nuit. À d'autres moments, l'accordéon et la bombarde ponctuaient de notes brèves la phrase musicale du soliste. Et, quand les musiciens revenaient en force, c'est le soliste qui les accompagnait d'un puissant son de gorge qu'il modulait. Quand l'homme s'arrêtait, on lui apportait une bouteille de bière qu'il engloutissait cul sec. Sa pomme d'Adam s'animait d'un va-et-vient rapide de piston de pompe. Puis, il recommençait son spectacle après des pauses plus ou moins longues. Il ruisselait de sueur comme un lutteur de foire.

À l'autre extrémité de la terrasse, une voix très haut perchée attira l'attention. Tous les regards convergèrent vers une femme excentrique de plus d'un mètre quatre-vingts qui faisait une entrée théâtrale. Elle portait une longue robe noire moulante, fendue sur le côté et laissant apparaître des bas de résille noirs maintenus par des jarretelles de dentelle. Sur son impressionnante poitrine reposaient plusieurs rangées de diamants de pacotille. Le public applaudit. Elle lui souffla des tas de baisers. Les spectateurs riaient. Elle s'avança vers le centre de la terrasse. La rombière tanguait, incertaine sur ses talons hauts. Elle jouait avec un long fume-cigarette noir et or au bout duquel se consumait une cigarette turque dont la cendre tomba dans le verre de bière d'un gros homme au poitrail velu et au front dégarni. Pour s'excuser, elle lui appliqua un long baiser sonore au sommet du front, laissant une empreinte bien nette de rouge, et elle s'empara du reste de la bouteille de bière du quidam qu'elle but d'un trait au goulot. Elle s'essuya les lèvres d'un vigoureux revers de main. Les rires redoublèrent, accompagnés de moqueries à l'endroit de la victime qui riait aussi. La diva éructa quelques vocalises. Bégueule, elle rabroua un travailleur qui tenta de lui pincer les fesses et, quand elle aperçut les deux Français à une table, elle bifurqua vers eux. Elle embrassa Jean-Luc sur la joue. Sa barbe le piqua. Jean-Luc reconnut alors, sous un maquillage outrancier, l'un des ouvriers avec qui il avait tenté de jouer aux cartes l'après-midi. Il s'essuya la joue. Les ouvriers bulgares riaient. Une femme essuyait ses larmes avec le coin de sa robe.

Le travesti commença son spectacle de music-hall : de temps en temps, on y reconnaissait des airs du répertoire français d'avant-guerre, à d'autres moments, on saisissait une imitation de Marlene Dietrich. Même si le spectacle ne présentait plus de surprises pour les autres vacanciers, il n'en était pas moins apprécié à en juger par la bonne humeur générale. Il y eut même des rappels. L'artiste fut ovationné. Fut-il meilleur que la veille?

L'accordéoniste prit la relève. La vedette s'était assise. On se pressait à sa table. On riait. Elle avait noué dans sa perruque de jais un foulard rouge et elle lisait l'avenir dans les reflets d'une bouteille de bière. Jean-Luc s'approcha, suivi d'Annette. Chacun son tour, on plantait sa bouteille entamée au milieu de la table pour se faire prédire l'avenir. Il était possible d'interpréter le sens des prédictions quand les bouches s'arrondissaient, attentives, quand les yeux pétillaient dans le noir, quand les sourires s'amorçaient au coin des lèvres pour se terminer en cascades de rires sonores. Jean-Luc fut invité à s'asseoir. La diseuse de bonne aventure lui saisit la main, la retourna, et en suivit les lignes de son gros index de travailleur manuel. Jean-Luc pouvait observer l'homme de près. Il avait noirci ses sourcils, le coup de crayon de ses yeux en amande se prolongeait jusqu'aux tempes. Son visage blanchi à l'aide d'une crème laissait pointer les poils d'une barbe drue. Ses lèvres démesurément agrandies par un rouge carmin conféraient au personnage une sensualité équivoque.

«Fransousi capoute», dit-il, laconique.

Vers deux heures du matin, l'accordéoniste joua les premières notes de la Marseillaise. Les derniers fêtards reprirent les quelques paroles qu'ils connaissaient. On rapprocha quatre tables pour en faire une estrade. Jean-Luc et l'accordéoniste y furent littéralement hissés. Jean-Luc cherchait désespérément le regard d'Annette.

«Annette? Je ne me souviens plus de cet hymne à la con.

— Jean-Luc, tu chantes. On l'a tous appris pour passer notre *certif*. Tu dois t'en souvenir. Je te soufflerai.»

Jean-Luc, une bouteille de bière à la main, entonna l'hymne français. Les Bulgares l'accompagnèrent jusqu'à «l'étendard est levé». Il réussit à terminer le premier couplet qu'il bissa d'un rythme plus martial. On l'applaudit. On remplaça sa bouteille vide par une pleine.

Jean-Luc titubait en rentrant dans leur maisonnette. La chaleur accumulée de la journée y était suffocante. Annette fit un courant d'air mais la nuit était trop calme pour apporter quelque fraîcheur. Des ouvriers avaient même dressé des lits de camp sur les galeries et essayaient vainement de trouver le sommeil.

«J'ai un mal de bloc. J'ai des forgerons dans la tête et ce ne sont pas des fainéants.»

Annette riait.

«Tu te marres, hein!?»

Annette, qui riait de plus en plus fort, lui répondit:
«T'es drôle. C'est la première fois que je te vois cuité.

Et puis si l'adjudant recruteur de l'armée française t'avait vu chanter la Marseillaise, ou il te réformait, ou il t'envoyait au *gnouf**.»

Jean-Luc s'allongea. Il invita sa compagne à le rejoindre et lui promit que ses facultés sexuelles n'avaient pas souffert de l'alcool. Il s'endormit avant même d'avoir pu prouver quoi que ce soit.

***

Annette le secoua un peu. Il ouvrit un œil.

«Quoi?

— Rien, répondit-elle, Français capoute», et elle éclata de rire.

Jean-Luc se rendormit.

Le lendemain matin, Annette insista pour prolonger leur séjour à Balčik d'une journée. Elle se sentait bien. Ce fut une vraie journée de vacances. Une journée sans horaire. Une journée à ne rien faire. Une journée agréablement vide, au bord de la mer, à courir dans les vagues, à s'éclabousser, à se dire que la plage presque déserte leur appartenait. Une journée à dilapider les minutes et les heures comme un millionnaire de la loto... Beaucoup d'ouvriers étaient repartis en camions vers leur ferme, quelques autres étaient arrivés et les remplaçaient dans les cabanes.

Cependant, ce ne serait que le lendemain que le village de bois se remplirait. L'administration du camp se réservait une journée pour tout remettre en état.

Les deux étudiants ne tenaient pas à rentrer directement à Botevgrad. Ils firent un long détour pour visiter les stations balnéaires du sud qui se doublaient de sites historiques et archéologiques chargés de millénaires d'histoire. En revenant par la Thrace, ils connurent leur premier embouteillage à Stara-Zagora. Sur le pont qui enjambait une rivière, la circulation était bloquée. Ils venaient de prendre conscience à quel point ils avaient vite oublié les aléas de la circulation urbaine de l'Ouest. L'orage venait juste de cesser. Un orage soudain, typique de cette région en été. Le ciel s'obscurcit rapidement. La chaleur devient étouffante. Les arbres commencent à bruire. Le vent forcit. Puis l'instant d'après, il tombe des cataractes d'eau. Ça dure environ dix minutes. Le ciel redevient limpide. Le soleil est encore plus chaud. L'eau du sol s'élève comme la vapeur des pierres d'un sauna. La route noire et humide redevient, à vue d'œil, grise et sèche. C'est à cet instant précis, où l'été reprend ses droits, que la circulation bloqua sur le pont de Stara-Zagora. De temps à autre, on finissait bien par avancer par saccades. Puis, tout s'immobilisait de nouveau. Les chauffeurs de camions descendaient pour voir, remontaient dans leur cabine, avançaient de quelques mètres. Les rares automobilistes de l'Ouest, facilement identifiables, attendaient le coude sorti par la portière. Quelque chose obstruait partiellement le pont. Tout le monde voulait passer en même temps. C'est seulement en franchissant l'obstacle qu'on en découvrait la cause. Un cheval. Un cheval mort au milieu de la chaussée. L'animal était énorme. Son abdomen, indécent, était gonflé comme une outre trop pleine. Des nuées de mouches gourmandes se délectaient dans ses sécrétions et pénétraient son sexe, ses naseaux et sa gueule, dont la dentition découverte en un rictus inquiétant ajoutait au malaise. Les brancards de la charrette, dont quelqu'un l'avait dételé, pointaient vers le ciel. Mais à présent, personne ne semblait plus s'en occuper.

La prochaine étape était Plovdiv, une ville au passé historique impressionnant qui, comme Rome, était érigée sur sept collines. La vieille ville, dont le premier étage des maisons était construit en encorbellement, en occupait trois. Une de ces belles demeures, souvent revêtues d'une marqueterie de céramiques multicolores à l'extérieur, abritait le musée Alphonse de Lamartine. Annette et Jean-Luc aimèrent sillonner les rues abruptes, gravir des escaliers aux marches de granit usées, franchir des impasses sombres en coupe-gorge pour déboucher sur des placettes inondées de soleil où jouaient des enfants. Annette voulut photographier une de ces scènes. Les petites filles disparurent comme une volée de moineaux. Il ne resta plus qu'une poupée de chiffon au cou cassé pendue à une poutre et qui tournoyait dans le vent. Annette appuya sur le déclencheur.

Une fois quitté Plovdiv, c'était la traversée de la chaîne montagneuse Stara-Planina. Jean-Luc aimait conduire en montagne. La Renault répondait bien. Il avait remarqué que sa petite voiture haute sur roues, légère et maniable, se comportait bien mieux dans des conditions difficiles que les plus grosses cylindrées trop lourdes.

«J'ai hâte que tu apprennes à conduire. Je suis certain que tu te sentirais plus détendue.

— Je te promets qu'à notre retour, je prendrai des cours de conduite.

— C'est fascinant. On a une impression de puissance. Les vitesses passent bien. Tu vois là, la voiture ralentit. Tu fais un double débrayage, tu repasses en seconde pour lui redonner du nerf et un peu plus loin tu rattrapes ta troisième...»

Annette ne disait rien. Elle fixait la route en lacet comme si, à la sortie d'un virage, le chemin allait s'arrêter net au bord d'un précipice.

«J'aimerais ça, poursuivit Jean-Luc en pensée, m'acheter une Ford Escort de compétition avec un levier de vitesse court...» Il s'imaginait participer au rallye de Monte-Carlo ou au tour de Corse. Il dut ralentir. Un gros camion s'époumonait devant lui dans un nuage de fumée. L'ascension devenait lente et ennuyante. La griserie des rallyes avait vite disparu.

Dans un virage, Jean-Luc déboîta, rétrograda en première qu'il fit hurler, reprit la seconde et accrocha la troisième en pleine accélération. Il klaxonna et leva le bras par la portière en doublant la cabine du camion. Déjà le poids lourd se rétrécissait dans le rétroviseur.

«T'es malade, Jean-Luc Houelle! Tu voyais rien.

— Il m'avait fait signe de doubler.»

Le camion dévalait la montagne à toute vitesse et ce qui n'avait été, en haut de la côte, qu'un point noir dans le rétroviseur, en bas l'emplissait totalement. Momentanément il se rapprochait tant qu'on ne voyait plus que les deux ronds globuleux des phares au niveau de la lunette arrière de la Renault. Jean-Luc reprenait son avance en abordant chaque nouvelle côte et se faisait inexorablement talonner à chaque descente. Ça l'obligeait à mener un train d'enfer entre les pitons rocheux, les trous et les bosses de la route, les épingles à cheveux non balisées et les surplombs sans garde-fou.

En haut d'une côte, il y avait un petit belvédère surplombant une vallée, Jean-Luc s'en rendit compte trop tard. Il freina. L'auto glissa sur le gravier, puis s'immobilisa. Il recula de quelques mètres pour stationner sur cette terrasse. De la roche en saillie, la vue était à couper le souffle. Jean-Luc sortit sa caméra super huit. Le camion frôla la voiture en faisant hurler sa trompe.

«On va lui laisser prendre de l'avance», dit Jean-Luc.

La suite du parcours fut beaucoup plus sereine, le camion les avait définitivement distancés.

À Botevgrad, Radka était rentrée chez elle. Elle n'avait

plus que l'avant-bras plâtré, ce qui lui permettait de recouvrer la quasi totalité de sa liberté d'action. La plupart de ses ecchymoses s'étaient résorbées, laissant juste quelques taches ombrées sur la joue et le front.

Elle les invita à s'asseoir autour de la table de la salle à manger. Elle tassa quelques livres, documents et revues. Elle semblait très animée. Enthousiaste même.

«J'ai de bonnes nouvelles, annonça-t-elle. Maintenant, j'ai deux élèves et c'est grâce à vous. La première, vous la connaissez déjà et la deuxième, c'est la fille de l'infirmière qui me soignait à l'hôpital. C'est lors de votre visite, que cette femme a constaté que je parlais français. Aussi, après votre départ, elle m'a demandé de donner des cours à sa fille.»

Jean-Luc et Annette sentaient bien que Radka n'était pas encore allée à l'essentiel. Elle conservait son enthousiasme et revint avec une enveloppe dont elle sortit une lettre, à en-tête imprimé rouge avec sceau en relief au bas, qu'elle tendit à ses jeunes amis.

«Je vais faire une croisière à l'automne. Quatorze jours. On va partir quatorze jours. Quelqu'un a annulé son voyage et j'étais la première sur la liste de l'an prochain. On part le vingt septembre et on revient le cinq octobre. On va passer par le détroit. Istanbul, je l'ai déjà vue de nombreuses fois du bateau, mais c'est toujours aussi beau. Les îles grecques, je les connais aussi. On va faire une escale à Alexandrie. Je n'y suis jamais allée.»

Jean-Luc et Annette écoutaient Radka s'enflammer. Ses yeux brillaient. On aurait dit qu'elle rajeunissait à chaque phrase. Et elle continuait à raconter sa croisière avant même de l'avoir effectuée.

«On va aussi à Alger et à Oran. Alger, c'était tellement beau, quand vous, les Français, vous y étiez. Maintenant, c'est plein de Russes. Je ne sais pas si on pourra descendre à Marseille. J'aimerais tant débarquer à Marseille. Juste quelques heures, pour me promener sur la Canebière. Juste pour mettre les pieds en France...»

Radka resta songeuse un instant puis reprit:

«Vous imaginez, je vais aller en France... On pourrait peut-être se voir...

— Madame Radka, Jean-Luc et moi, on aura repris le travail et les études. On vit dans le nord. C'est loin de la côte méditerranéenne, s'excusa Annette.

— Je comprends... Ce n'est pas grave, je penserai à vous. Je vous enverrai une carte postale de Marseille. Je vais en envoyer à tous mes amis, à monsieur Popov à Sofia, aux Zlokovsky à Paris, puis en Angleterre et en Suisse. Ils croiront tous que je suis libre, que j'ai réussi à passer à l'Ouest. Mais je suis trop vieille pour quitter la Bulgarie. Je mourrai ici.»

Son visage s'assombrit.

Jean-Luc relança.

«Donc, vous connaissez bien Marseille...

— Oui. J'y suis allée avec mon mari. Avant. Puis à Cannes, à Monte-Carlo. On était aller jouer au casino. Mon mari avait misé juste pour le plaisir. Il avait perdu. J'étais belle en ce temps-là. J'avais une étole de kolinsky. Oui, c'est de la loutre de Sibérie. Tous les hommes me regardaient. Les femmes semblaient m'envier. Mon mari, l'avocat Atanasov, en était fier. C'était en 1935. C'était l'époque des premières Tractions de Citroën. Mon mari en avait conduit une sur la Croisette. Un ami monégasque lui avait fait essayer la sienne. Puis, on était allés à Paris. En train. Il y avait un spectacle de Maurice Chevalier et de Mistinguett qui était annoncé partout, dans tous les journaux...»

Radka parla encore longtemps. La magie des mots, de ses propres mots l'entraînait loin. Ailleurs, dans le temps et dans l'espace. Et, à la limite, peu importait qu'elle pût descendre à Marseille, Annette et Jean-Luc étaient certains que son esprit quitterait le bateau pour retourner flâner sur la Canebière et le Vieux-Port, en 1935.

«Je vous oublie, les enfants. Je parle. Je parle. Avez-vous faim? Je vais vous préparer une omelette aux champignons. Le mari de la fermière de la montagne est venu ce matin m'apporter des œufs, quand ils ont su que j'avais eu un accident. Des œufs tout frais. Ça va être bon avec un filet d'huile d'olive.» Jean-Luc regardait le réchaud à gaz. Elle le remarqua.

«Oui, dit-elle en guise d'explication, ils sont venus réparer le gaz, cet après-midi. J'ai fait enlever le réchaud électrique. Tu sais, Jean-Luc, ça m'a bien dépannée, et ta réparation a tenu. Ce n'était pas ceux du dessous qui coupaient le gaz. L'employé de la compagnie a changé tous les tuyaux.» Jean-Luc reniflait discrètement...

«Ce n'est pas grave, il m'a dit que ça sentirait encore un petit peu le gaz pendant un ou deux jours.»

Radka avait gratté une allumette. Elle en approcha la flamme du brûleur. Tourna le bouton. Jean-Luc vit bien une grande flamme. Annette releva la tête mais ne comprit pas. Au même instant, tout explosa.

***

Dans la montagne, la vieille Tzigane solitaire venait de terminer son café turc et elle renversa, d'un geste machinal, sa tasse dans la sous-tasse.

GLOSSAIRE

B

bedeaude : nom donné à l'épouse du bedeau (régionalisme).

Boris III : À l'issue de la Première Guerre mondiale, la Bulgarie, alors alliée de l'Autriche-Hongrie, perdit, par le traité de Neuilly (1919), une partie de son territoire: la Dobroujda méridionale. Boris III, roi de 1918 à 1943, reconquit ce territoire en 1940 et se joignit au Reich allemand (1941), annexa la Thrace occidentale, la Macédoine grecque et déclara la guerre à la Grande-Bretagne (1941).

bougnoule: appellation injurieuse donnée par les Européens d'Afrique du Nord aux Nord-Africains.

C

cambusier: terme de marine, matelot chargé de la distribution des vivres aux hommes d'équipage. Le monde paysan a adopté le terme en l'adaptant. Le cambusier était un jeune chargé de servir à boire sur le lieu de travail.

certif: certificat de fin d'études primaires

classe: contingent militaire de conscrits nés la même année.

D

djebel: terrain montagneux.
dovichdénia: signifie au revoir.

F

fatma: femme d'Afrique du Nord (appellation péjorative).

fellagha: partisans algériens soulevés contre l'autorité française et travaillant pour l'indépendance de leur pays.

F.L.N.: Front de libération nationale qui avait rallié presque tous les mouvements nationalistes.

G

gaïda: cornemuse des paysans des Balkans.

gapas: régionalisme qui correspond au terme glumelles ou balles mais avec en plus certains débris de paille.

gnouf: prison.

gymnase: école secondaire.

H

haïduk: bandit de grand chemin.

harki: militaire ayant servi comme supplétif dans l'armée française.

Hora: danse nationale de la Bulgarie.

J

janissaire: soldat d'élite de l'infanterie turque.

M

médina: partie musulmane d'une ville.

merci: se dit tel quel en bulgare.

P

pieds-noirs: Français d'Algérie.

R

rebab: violon très simple à trois cordes que l'on tient verticalement.

S

spahi: soldat turc.

stotinkis: approximativement cinq cents; à l'époque 1$ valait un lev.

Achevé Imprimerie
d'imprimer Gagné Ltée
au Canada Louiseville